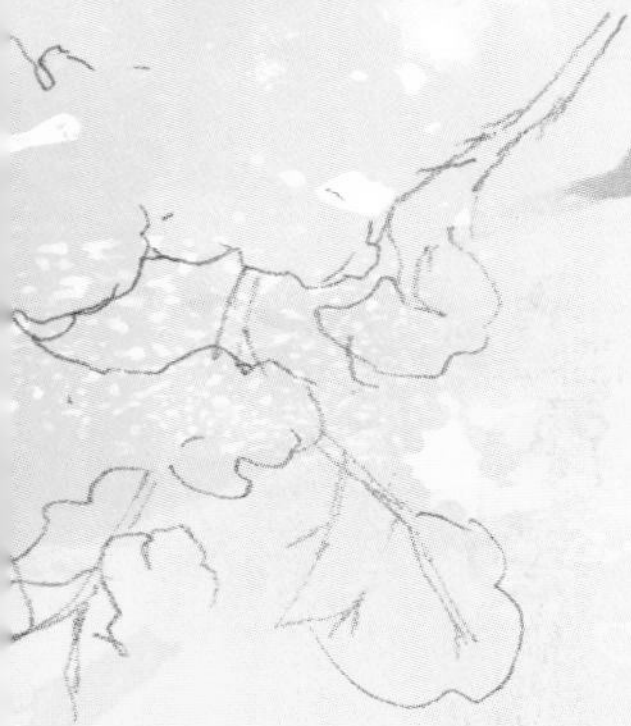

花ざかりを待たず

乾ルカ

Hanazakari wo Matazu

Ruka Inui

光文社

花ざかりを待たず

装幀　鈴木久美
装画　金子幸代

1

「インフルエンザじゃないかと思うんだわ」

高橋《たかはし》内科クリニックにやってきた椎名利夫《しいなとしお》は、だるそうな笑みを浮かべて言った。

診察前の検温では三十八度二分となっていた。七十九歳の老人にしては高熱であった。頰《ほお》も紅潮《こうちょう》が見られ、眼球も潤み、ぼんやりとしている。それでも愛想笑いをする元気は残していて、乾いた唇からは擦《す》れて短くなった前歯が覗《のぞ》いている。

「この季節にもなるんですかね、先生。昨日は暑かったくらいなのに」

「インフルエンザかどうかは検査してみないと分かりませんよ」

九月の第二週、火曜日だった。昨日、一昨日《おととい》と季節外れの暑さで、札幌は真夏日を記録した。インフルエンザは流行の兆《きざ》しもない。

「一応検査しますか？」

高橋がそう言うと、利夫も強く検査を望まなかった。

「なんか腰が痛《いて》えから。インフルエンザの時には、体が痛くなるから、そうかと思ったんだ」

「風邪でも関節痛が出ることはありますよ」

自分の病名に当たりをつけてくる患者は珍しくなく、高橋はそういうふうに診断を済ませてくる患者を、内心困ったものだと思っていた。自分が突き止めた答えが間違っていることを認められない患者もおり、彼らを納得させるのは、いつも大きな労力を伴う。

「ご家族に同じ症状が出ている方はいますか？」

利夫には妻と娘がいた。妻は七十四歳、娘は四十歳である。近隣のクリニックは高橋内科クリニックしかないため、椎名家全員のカルテがクリニックにはあった。

「いや、女連中は元気だわ」

「そうですか、ならよかった」

「ジジババに四十路《よそじ》娘の一家なんて、よくねえよ。せめて婿《むこ》さんでもいればね。先生、娘にいい人いませんかね」

冗談めかした口調だったので、高橋は笑って受け流した。世間話の一環として、家族に医者や看護師を紹介してくれと口にする患者はいる。その多くは年配の男女である。

高橋は利夫に解熱鎮痛薬等、一般的に感冒《かんぼう》用とされる薬を処方し、薬を飲んでもよくならなければ再来院するよう伝えて診察を終えた。

利夫は「どうも」と言って診察室を出ていった。彼が着ているシャツとズボンは清潔そうだったが、高価な品には見えなかった。利夫のやや丸まった背中が引き戸の向こうに消えた。

次に利夫がクリニックを訪れたのはちょうど一週間後で、主訴は腹痛だった。確認したところ、前回処方した薬は言われたとおりに服用しており、風邪症状は治っていた。高橋は服薬で一時的に胃壁が荒れたと判断し、今度は二週間分の胃薬を処方した。

平熱となった利夫は目の潤みや顔の紅潮がなくなったせいで、むしろ前回よりも状態は改善されたように見えた。利夫は胃薬を処方されると安心したのか、またも「先生。娘にいい人いないかねえ？」などと言った。高橋も笑ってスルーした。いないものはいないし、利夫も本気で紹介を求めているわけではないだろう。ただ、いい人がいないかと気にかけているのはおそらく事実だ。

利夫の娘の年齢を考え、高橋は少々利夫を気の毒に思った。娘が結婚もせずに実家にいつまでもいるというのは、利夫にとって気を揉《も》む一大事なのだろう。

今一度確認すると、利夫の既往歴には胆石《たんせき》があった。地域の基幹病院であるA病院で精密検査を済ませ、破砕の必要はなしという所見をもらっていた。また、整形外科分野だが椎間板《ついかんばん》ヘルニアだとも問診時に答えていた。

ともあれ、危惧《きぐ》するような所見ではなかった。

利夫の三度目の来院はその週の金曜日だった。

「先生、よくなんねえんだわ。薬は飲んでるんだけど」

この日も利夫は笑っていたが、それまでよりは元気がないようにも見えた。言われたとおりに薬を飲んだにもかかわらず、快癒《かいゆ》しない現実に戸惑っているようでもあった。右手は鳩尾《みぞおち》あたりを、左手は脇腹から腰にかけてをさすっていた。

「本当に胃が悪いのかねえ？」

出した薬の効果が感じられないと、簡単に医師の見立てを疑う患者がいる。若いころの高橋はそのような患者を内心面白く思わなかったが、キャリアを重ねた今は冷静に受け流せる。

「どのあたりがどのように痛いんですか?」

高橋は聞き取りを始めた。しかし今度は、利夫のほうがはっきりしなかった。

「どこがっていうか、腹っていうか背中っていうか……腰も」

電子カルテに腹部背部腰部に痛みと入力し、高橋はさらに問うた。

「いつ痛みますか。ご飯を食べる前ですか。あとですか」

「いつっていってもなあ。寝てても痛えよ」

「いつごろから痛むようになりましたか? どのくらい前から?」

「胃は薬を飲んでからかもしらんけど、いや、その前からも痛む時はあったかな」

腰を手で押さえる利夫を見て、高橋はふと思い出した。インフルエンザと自分で疑った要因の一つは、腰痛ではなかったか。

「どんな痛みですか。ズキズキとかシクシクとか刺すような感じとか」

「そんなんじゃないんだよ」利夫の答えは、まったくピントが外れていた。「なんていうか、痛くて、切ねえんだよな」

切ない痛み。

高橋はその言葉をカルテには書き込まなかった。

打鍵《だけん》を止めた高橋に、利夫はこう言った。

「検査してもらえねえかなあ。インフルエンザのやつじゃなく」

高橋内科クリニックには胃内視鏡検査の設備はなかった。高橋は椅子に座る利夫を横目で見た。やや前屈《まえかが》み気味の姿勢ではあるが、顔色および眼球の色に異常は見られない。

利夫には胆石がある。その影響の可能性も高橋は考えた。

「分かりました。紹介状を書きましょう」

利夫に胆石の診断をつけたA病院の消化器内科に宛てて、高橋は紹介状を書いた。紹介状がもらえると分かると、利夫は気が楽になったようで、また冗談を口にした。

「先生。お医者さんで娘にいい人いませんかね？　いたらお願いしますよ」

「ええ、分かりました」

利夫はほんのりと笑って診察室を出ていった。腰に当てられていた手は、もう外れていた。

高橋が利夫の姿を見たのは、それが最後だった。

2

「お父さん、検査に行くぞ」

九月二十日の夕食時、利夫が食卓でそう宣言したので、同じテーブルについていた妻の慶子《けいこ》は、ぎょっとしてしまった。

「また始まった。お父さんのびっくり作戦」

ともに席についていた娘の由希子《ゆきこ》は、そう言って流そうとした。利夫は時々このように、不意を突くようなことを言って家族を驚かせようとする、褒められない癖があるのだ。

「いや、本当に行くんだ。今日高橋クリニックから紹介状をもらってきたからな」

「お父さん、どこか悪いの？　この前の風邪、そんなに引きずってた？」

どうやらどっきりではないと受け入れたらしい由希子は、利夫の体調を気にする質問にシフトした。だが慶子は検査云々《うんぬん》よりも、娘のいでたちがより気になってしまう。データ入力のアルバイトから帰ってきて、台所を手伝いもせずにパジャマに着替えてしまい、その恰好《かっこう》で食事をするというだらしなさ。慶子はつい鼻を鳴らした。寝巻き姿で食事を取るなど、それこそ具合が悪い人間だけに許される行為である。そんな些細《ささい》な娘の至らなさを発見するたび、慶子は自分の育て方が悪かったのかと悲しくなる。由希子の年子の妹真理子《まりこ》は、とうに結婚して家を出、子どもを二人産んでいる。同じように育てたつもりなのに、なぜだろうかと。

「いい歳《とし》をした娘が、なんだそのなりは。そんなんだから四十にもなって独身で家にいるんじゃないのか」

利夫も苦言を呈《てい》した。由希子は肩を竦《すく》めて見せた。甲羅に首をしまう亀のようだった。

「結婚が一人でできるものならするけどね」

「まともな女なら、誰かしらから一度くらいは好かれるもんだ」さらに矛先は慶子へと向けられる。「お母さんの躾《しつけ》が悪かったんだ。小説なんてくだらんもんをやらせて」

いつもそうだった。四十路《よそじ》になってなお独身、実家住まい、正社員にもなれず、趣味の小説でも挫折《ざせつ》して今はただのアルバイトである由希子の不甲斐《ふがい》なさは、利夫の手にかかれば慶子の躾がなってなかったとなる。

「お母さんはやらせてなんていないわよ。この子が勝手にやったのよ。まったく、由希子のせいで、いつもお母さんが怒られるんだから」

「はいはい、ごめんなちゃーい」

両親の叱責《しっせき》をはぐらかすように、由希子はすぐに謝った。由希子もこういう諍《いさか》いに慣れている。慣れるほど年齢を重ねてしまった娘は、それから「お父さん、具合悪いの?」と、先ほどよりも心配げな口調で問いかけた。

利夫も矛を収めて、

「ちょっとな。まあ、あんまり心配するな」

と答えた。

慶子の心がふと翳《かげ》った。風邪を長引かせているのは知っていたが、大きな病院に検査に行くとは、なにか気がかりな症状が出ているのだろうか。しかし利夫の顔色は健康的で、これといって問題があるようには見えない。酒を飲み、タバコをひっきりなしにふかしていた若いころのほうが、よほど不健康な人相だった。世紀が変わった年に強い意志を持ってキッパリと両方を断った利夫は、腰痛の持病はあれど、比較的元気な老人であった。

とはいえ、年齢を考えれば、何らかのガタが現れてもおかしくはない。

「今日も高橋クリニックに行ったのよね」慶子は由希子から質問権を奪った。「そこで先生から何か言われたの？　検査したほうがいいって」

「いや、俺がしてくれと頼んだんだ」

その一言で、向かいに座る由希子の顔に、たちまち安堵《あんど》が広がった。慶子も同様に胸を撫《な》で下ろす。強く勧められたのではなく、自分で望んだから検査するのだ。ならば、そこまでひどいことにはなるまいと。

「検査はいつ行くの？」

「連休明けの火曜に予約が取れた」

「あ、よかったね」

由希子の「よかったね」は、悪いところがあるとしても、それで見つけて対処できるという意味だろう。慶子自身も、分からない物事を抱えて不安で過ごすよりは良いと思い、頷《うなず》いた。

いずれにせよ、今は思い煩《わずら》っても仕方がない。慶子は由希子へのあれこれを蒸し返した。

「ともあれ、その恰好はなんなの。ご飯時にパジャマだなんて。それだから嫁のもらい手もなくてうちにいることになるのよ」

「だから、さっき謝ったじゃん。ごめんなさいでーす」

ちっとも殊勝ではない謝罪であった。この謝り方は利夫を真似《まね》たものだ。慶子は内心頭を抱えた。由希子は悪びれずにご飯になめ茸《たけ》をかけた。

「独身仲間と思ってた愛美《まなみ》さんだって結婚したのにね」

「ね。びっくりしちゃった」

「お友達でしょ。置いていかれたって少しは焦りなさいよ」

「焦ってる焦ってる。置いてけぼりになっちゃったね」

「あんたね、今のアルバイト先にはいい人いないの？」

「いない。ごめんね、つまらんバイトで」

「だったら仕事変わったら？　いい加減、正社員としてちゃんとしたところに勤めなさいよ。親にいつまでも心配かけて」慶子は先ほどの仕返しとばかり、利夫に水を向けた。「お父さんからも言ってよ。いつもお母さんの躾が悪い、ばかりじゃない。私はちゃんと真理子と同じように育てたわよ」

「由希子はもうちょっと食べて太ったほうが、いいんじゃないか。そんなガリガリだから結婚できないんだぞ」

「逆流性食道炎なんだけど」

「ちゃんと食べて寝るのが体にいいんだ」

由希子は返事をせず、なめ茸でひたすらご飯を胃の腑《ふ》に収めようとしている。由希子は元来少食の性質《たち》で、背丈は家族の誰より高いのに、体重は誰より軽かった。浅黒い肌も相俟《あいま》って、火事場に焼け残った柱のようである。利夫は結婚問題と同じかそれ以上に、未婚の長女の健康を心配しては、何をおいても食べろ食べろと言ってうるさがられている。

「あの人はどうなの？　最初の職場で付き合っていた人。川崎《かわさき》さん」

川崎は由希子が大学卒業後に勤めた職場の同僚で、時々カラオケなどで遊んだり、一緒に野球観戦に行ったりなどしていた。何度か車で由希子を家に送り届けてくれたこともある。身長は由希子と同じくらい、趣味は釣りという、至って真面目な印象の男だった。

職場が吸収合併の憂《う》き目に遭《あ》って同僚ではなくなったが、今でも稀《まれ》にだが二人は会っているはずだ。慶子は川崎が由希子をもらってくれたらどんなにいいかと、密《ひそ》かに夢を見ている。

「何度も言ってるけど、別に付き合っていない」

「あんた、十代の娘じゃあるまいし、そんな歳になって照れなくていいのに。ねえ、お父さん」

今度は利夫が黙った。利夫は老齢になってめっきり聴力が落ちた。とはいえ、この距離で聞こえなかったはないだろうし、夫婦の間でも話題に上ることが多かった川崎のことを、利夫も覚えていないはずはない。娘の結婚問題は利夫も気にかけているはずだが、こういうところが幾つになっても男親だと、慶子は苦笑した。

由希子が訊《き》いてくる。

「やっぱり、この歳になっても娘には結婚してほしいわけ?」

「その歳だからよ」

「ごめんね、オバさんになっちゃって」

「本当に焦ってるの?」

「焦ってるよ」

「だったらもっとおしゃれとかしたらどう? 髪の毛も一つに縛るだけで」

由希子は何も言わず食器を下げた。苛立《いらだ》ちの気配が痩せた体から伝わってくる。食卓の下でおこぼれを心待ちにしていた愛犬のシーズー——名前は利夫がフクスケとつけた——が、由希子の足にまとわりついた。由希子はフクスケのおねだりを無視した。

慶子は大きな息を一つ吐いた。由希子の結婚は椎名家の大問題である。由希子の口から「焦っている」という言葉が出ると、四十女が結婚に焦っているという惨《みじ》めさや憐《あわ》れみが浮き彫りになるが、慶子は多少安心もする。焦りは前向きな気持ちがあるから生まれる。その気がない態度を取られるよりは、はるかにプラスだった。

自分も夫も老いた。利夫は体調不良を抱え、検査をしにいくと言い出した。もう人生の店じまいを考える時期なのだ。分かっている。

でも、今すぐは駄目だ。

慶子はリビングを出ていく由希子の猫背を見つめた。

——あの子がちゃんとしてくれないうちは、親は死んでも死に切れない。

九月二十四日のCT検査まで、利夫は取り立てて変化なく過ごした。その日も朝七時前に起床し、身支度を整えて朝食の席につき、コーヒーを飲みながら朝刊を読んだのちフクスケの散歩に出かける。三十分ほど外をひと回りして戻ると、残していたコーヒーを口にしつつソファに横になって一休みし、テレビを見る。慶子から家の中の力仕事などを頼まれればこなす。午後は手持ち無沙汰のようだった。普段は昼食後、福祉センターに出かけるのだが、連休中のせいで施設が休みだったのだ。

「お父さん、具合はどう？」

「ああ、特に変わらん」

悪くなっているのでないのなら一安心だと、慶子は良いように捉《とら》えた。

利夫の数少ない趣味の一つが囲碁だ。スマートフォンはもちろん、携帯電話も持っておらず、パソコンには触れたこともない利夫にとって、囲碁はあくまで対人で楽しむ娯楽であった。利夫は金のかかる碁会所ではなく、地域の福祉センター内にある囲碁クラブを利用していた。六十五歳で団体職員を定年退職して以降、十五年近く自家用車で通っている。

車といえば、八十歳の誕生日を年末に控えた夫の運転技術に、慶子は明らかな翳りを見てとっていたため、折に触れて免許証の返納を考えてはどうかと切り出すのだが、利夫は聞く耳を持たなかった。利夫はプライドが高い男でもあるし、もともとドライブ好きなのも分かっているので、無理には言えない。娘の言葉なら素直に聞くかと、由希子からもそれとなく伝えてもらっているが、利夫は大丈夫だということを証明するかのように、意固地になって乗る。

囲碁以外の趣味は、テレビの野球中継を眺めるか、カタログで絵葉書を見繕《みつくろ》うくらいであった。慶子は絵手紙を自分で描くが、利夫にそれほどの絵の素養はなく、既製のものに一筆認《したた》めて親しい相手に送る程度だ。一筆書くよりも、出来合いの中から選んでいる時間のほうが長いほどだ。

とにかく、利夫はそんなふうに時間を送っていた。

九月二十四日の午前、利夫はA病院に検査を受けに行った。交通の足は自家用車だった。自宅からA病院までは車でおよそ十五分で、福祉センターへ行くよりも時間を要さない。

利夫が不在の午前中、慶子は家の中を掃除して過ごした。由希子はアルバイトのシフトが入っていなかったが、ネットカフェに行くと言って出かけた。玄関の由希子に「久しぶりに小説でも書くつもり?」と問うと、むっつりと黙り込んだから違うのだろう。

四十歳の由希子には作家という顔もある——いや、あったというべきかと、慶子は心の中で訂正した。ここ数年はさっぱりだ。夜中まで起きて何かをしている気配も、根を詰めてタイピングをした後に無意識にやる手のストレッチ——手を握ったり開いたりするやつだ——もとんと見ない。

十年前、由希子はアルバイトから帰ってくるや突然、「小説で賞をもらった!」と言った。仕事中に受賞の連絡を受けたのだそうだ。由希子もよほど嬉《うれ》しかったのだろう、帰宅したその手には、家族分のケーキと缶ビールがあった。昔から作文を書くのが好きな子だとは思っていたが、小説を書いて賞に応募しているなど想像したこともなかったから、慶子も驚き、感激した。仕事は嫌いだ、性に合わないと毎日のように口にし、胃が痛いとこぼしては不機嫌な表情を見せる由希子に、慶子のほうが胃の痛む毎日だったが、この時慶子は心配が報われたと思った。そして、なぜ夜中トイレに起きた時に由希子の部屋に電気がついていたのかが、ようやく理解できた。由希子には目指すものがあり、睡眠も削《けず》ってそれに取り組んでいたのだ。

——すごいじゃないの。じゃあんた、作家先生になるの?

由希子が高校に合格したより、大学に合格したより、嬉しかった。

嬉しさのまま、その夜慶子は親戚中に由希子の快挙を電話して知らせた。由希子が受賞したコンテストは、慶子が聞いたことのない若者向け小説のもので、運動会に喩《たと》えるなら一番の賞ではなく三位該当であり、もっといえば慶子も、電話を受けた親戚の誰一人も、運動会の主催者を知らなかったが、そんなことは瑣末事《さまつじ》である。若者向けならば、若者が知っていればいいのだ。賞金だってかなりの額が出るようだった。

——うちの親戚から物書きが出るなんて。あの由希子ちゃんがねえ。

——今度受賞パーティー開かなくちゃね。

生まれた時から由希子を知る慶子の弟妹、巌《いわお》と康子《やすこ》は、そう言って喜んだ。ことあるごとに由希子の縁談について口を出す利夫の妹の芳枝《よしえ》ですら、その日は余計なことを言わずに祝福したほどだった。

なのに今、由希子が何らかの依頼をこなしている気配はない。少なくとも、本腰を入れて長文を書いてはいないはずだった。昔はよく見た手指のストレッチを、ここ二、三年はまるでしていないことからも判ぜられる。依頼がないということに、本人が危機感を感じている様子もなかった。由希子はアルバイトに行き、暇があればネットを眺めてぼんやりした日常を過ごし、胃痛に不機嫌な顔をし、日一日と歳をとっている。慶子は自分の友人に由希子の現状を話すのが嫌だった。結婚しないのなら、せめて誰もが知る立派な作家先生になるくらいでないと、親として恥ずかしい。肩身が狭い。

由希子と一つ違いの次女真理子は、どこに出しても恥ずかしくない優等生で、二十六歳で結婚もして家庭を持ち、子どもを産み、かつ一流企業の正社員で働いている。姉妹で比較するのも良くないと知りつつ、由希子の行く末を考えると、慶子は溜め息が止まらない。

そして、重い疑問が浮かぶ。

——どうして由希子は結婚しようとしないのか。

——あの子はどこか変なのでは？

実はこの日も、慶子は利夫より由希子のことを心配していた。慶子はネットカフェという場所を知らない。そこで漫画を読むらしいが、どんなところなのか。図書館とどう違うのか。人様に迷惑をかけてはいないか。

そもそもネットカフェは本当なのか。誰かと会っているのでは？

もしかすると、相手は男性ではなく……。

慶子はこの心配を利夫には話したことがない。口に出すのも憚《はばか》られる類《たぐい》の心配だった。

由希子が結婚に焦っているふうな言葉を吐くと、少し安心するのは、この手の心配が薄らぐからでもあった。

正午を少し過ぎたころ、利夫は帰宅した。

「どうだった？」

昼食の支度の手を止め、慶子はいの一番に尋ねた。

利夫はジャケットを脱ぎながら「明後日《あさって》検査入院する」と答えた。

思いがけず冷たいものに触れてしまったかのように、慶子の心臓は一瞬縮んだ。

「検査入院するってことは、どこか悪いところが見つかったの？」

「肝臓だかになんかあるみたいだから、詳しく調べるそうだ」

「例の胆石じゃなくて?」

「それを調べるんじゃないか」

「どれくらい入院するの?」

「一週間くらいだと言っていた」

「お父さん」慶子は自然な感じを演出しながら訊いた。「どんなふうに調子が悪いの?」

利夫はややしばらく考え込んだ。慶子は問いを重ねた。

「どこか痛いの? どこが?」

「俺はもともと腰が痛えからな」

「どんなふうに痛いの?」

困らせるつもりなど毛頭ない慶子の前で、利夫は困った顔になった。

「どんなふうって言っても、こんなの初めてだからなあ」

「高橋クリニックからもらったお薬は効いていないの?」

「夜もよく眠れねえし、切ねえんだよな」

切ない。

その言葉では、利夫の痛みの度合いが慶子には分からなかった。

普段着に着替え終わると、利夫は昼食を少しだけ食べて、囲碁を打ちに福祉センターへ出かけた。慶子は詳しく話を聞きたかったが、利夫は「俺が行かないと福田《ふくだ》さんが困る」と、いつものルーティンを優先させた。

福田のことは慶子も知っている。もう七、八年利夫の囲碁の相手をしている人だ。利夫が絵葉書を書いた時に送る相手でもある。毎日のように囲碁クラブで顔を合わせているのに、葉書に何を書いているのかと覗き込みたくもなるが、利夫の古くからの友人たちは、すでに他界し始めているので、もらってくれる相手も他にいないのかもしれない。

ダイニングテーブルの上には、A病院からもらった入院案内のA4用紙が三枚置かれてあった。紙には折り跡がついており、利夫が一度目を通したことが窺《うかが》えた。入院時に持参するもの、検査日程、それから入院申込書兼誓約書であった。

昼寝をしているフクスケを起こさぬよう、慶子は忍び足で利夫の寝室へ行った。検査入院とはいうものの当然支度は必要だ。自分が下着などを支度しなければなるまい。

二階の北側の部屋が利夫の部屋だった。中二階の由希子の部屋、二階南側の慶子の部屋より広いが、一番日当たりは悪い。それに利夫が文句を言ったことはなかった。窓が一つ。クローゼット。額縁。カレンダー。箪笥《たんす》と昔リビングでテレビ台として使っていた低いキャビネット。そしてベッド。ベッドは整えられていなかった。部屋には老人の体臭が薄く漂っていた。頭の脂のにおいのようであった。利夫は口うるさく言わないと寝具を取り替えようとしないのだ。

二人の寝室を別にしてから、もう随分と経《た》つ。十年近く前に寝起きの利夫が体調を悪くした際は、しばらく枕を並べたものの、特に原因となる病気も見つからなかったこともあり、また離れた。利夫はいびきと歯軋《はぎし》りがひどく、慶子は一人の部屋のほうが落ち着いて寝られた。夫婦の寝室は共でなければならないというこだわりを、慶子は前時代的なものと思っていた。

以前、囲碁クラブの大会で優勝した時のトロフィーはちんまりと箪笥の上にあった。プライドが高い利夫は、他者から認められた事実を大事にする。

ふと、かつてテレビ台だったキャビネットに目をやった。

キャビネットには観音開きのガラス戸がついており、マグネットキャッチで開閉する仕組みだ。利夫はその戸の中にアルバムや書類など昔のものを入れていた。整理はされておらず、アルバムはただ積まれ、書類は裸のまま、良くて茶封筒に入れられて、適当な箱に突っ込まれている。

装丁された結婚写真もそこにあった。

三十一歳の慶子と、三十六歳の利夫が、白黒で写っている。恋愛結婚だった。当時としては、二人とも周囲から心配されるほどに晩婚だったが、それでも今思い返せば胸苦しさを覚えるほどに若い。

まだ娘二人がいなかった時、二人で車で道東《どうとう》を旅行した写真もあった。

――晴れた摩周《ましゅう》湖を見ると結婚できないって言うんだぞ。

――よかった、もうあなたと結婚したもの。

思い出される景色は、ハレーションを起こしているかのように眩《まぶ》しい。

フクスケがリビングで吠《ほ》えた。

入院前夜、夕食を終えた利夫は風呂に入った。利夫の入浴時、慶子は浴室内で異常な音がしないか、あるいはまるで無音になっていないかと神経を尖《とが》らせる。いつものように烏《からす》の行水で済ませた利夫は、寝巻きを着てリビングに戻ると、囲碁棋士が執筆した戦略本を開いた。普段どおりの夫の姿だった。慶子は湯が冷めないうちに風呂に入った。由希子は自室にこもっていた。

上がってリビングのドアを開けた慶子は、思わずはっと息を呑《の》んだ。

利夫が愛犬のフクスケを胸に抱き締め、じっと背を丸めていた。

見てはいけないものを見てしまったのではないかという思いが駆け抜けた後に、利夫は尻を片側だけくいと上げて、放屁《ほうひ》をした。

「お父さんたら」

「びっくりしたか?」

「しないわよ」見てはいけないものの気配は霧消した。「いい湯だった」

慶子は病院へ提出する誓約書に署名捺印《なついん》を済ませた。

「私の時は、お父さんがやってね」

「いやだよーだ。俺が先に死ぬんだよーだ」

駄々っ子のような口ぶりだったので、慶子は呆《あき》れて笑ってしまった。利夫はこのように馬鹿げたような、おどけるような物言いをすることがある。子どもの躾や家庭生活での価値観は古臭いものがある一方で、ふとした時に現れる利夫のユーモアセンスは、正直上等なものとは言えなかったが、それでも慶子を長年和ませ続けてくれた。

「ああ、入院のことはな、芳枝には言わなくていいぞ。巌さんと康子さんにも知らせないでくれるか」

「余計な気遣いをさせるだろう。退院をした時、俺から葉書でも書く」

慶子は利夫の意を汲《く》み、それを了承した。

「そう？　いいの？」


検査入院をする九月二十六日は、朝から秋晴れだった。木々の葉も色づき始め、辺りの景色ははっきりと秋めいている中、ボストンバッグを手に持った利夫は、小旅行にでも出かける老人といった風情だった。

「忘れ物はない？」

「あっても売店で買えばいい」

忘れ物をしても現地で買えばいいというのは、勤めていた当時からの利夫の口癖だった。出張に送り出す朝、忘れ物を気にする慶子に、利夫はいつも同じ言葉を返してきたものだった。

「そうだ、由希子」

思い出したように、利夫は車のスペアキーを由希子に渡した。

「おまえな、これで毎日車のエンジンだけかけといてくれ」

「かけるだけでいいの？」

「放っておくとバッテリーが上がるからな」

由希子は了解してキーをポケットに入れた。

「お父さん、頑張ってね」

玄関先で見送る由希子の口調には、悲愴《ひそう》感も心配もなかった。利夫も「ああ、行ってくるわ」と、軽く返した。

慶子と利夫は、予約していたタクシーに乗り込んだ。運転手への行き先は、付き添いの慶子ではなく利夫が自分で言った。

タクシーは快調に走った。

メーターが千円を超え、まもなく病院の敷地が視界に捉えられそうなところまで来た時、利夫がにやにやして言った。

「もう帰ってこられないかもしれんぞ?」

冗談めかした口ぶりであった。ユーモアのつもりなのだ。相変わらずの利夫に、慶子は大袈裟《おおげさ》に眉根を寄せてみせた。

「変なこと言わないでよ、お父さん。言霊《ことだま》ってあるのよ」

禁煙してもう長いのに、やにの黄ばみがうっすらと残った歯を見せて、利夫は笑い続ける。車窓を真理子の結婚前、家族四人で訪れたファストフード店が過ぎた。

タクシーが病院の車寄せで停《と》まった。利夫は入院した。

3

九月二十六日、椎名由希子は検査入院する利夫と付き添いでA病院まで同行する慶子を玄関で見送ったあと、リビングにタブレットを持ってきて、作業フォルダを開いた。

書きかけの小説データが並ぶそれを、ややしばらく眺めたものの、結局由希子はツイッターを開いてしまった。

大っぴらにはしていないが、ここ数年由希子が書いている小説といえば、人気漫画の二次創作である。作品中の人気キャラクターAとBを登場させる一万字前後のＳＳ《ショートショート》は、もう百作ほど書いた。もともと由希子の創作のルーツは同人二次小説なので、ある意味原点回帰の感があった。キャラクターや世界線が既に確立されている分、楽でもあった。

同人二次創作の字書き『ゆき』のアカウントには、四百人を超えるフォロワーがいた。ジャンル内の作家としては多いほうである。来年春に刊行予定のアンソロジーにも誘われている。投稿サイトにSSや短編を投稿すれば、多くの反応をもらえる。応援コメントだってつく。

十年前に奨励賞を受賞した際、作家『石井《いしい》ゆき』としてのアカウントを作った。そのアカウントでのフォロワーは、一番多い時で三百七十八だった。投稿が途絶えて数年経った今は半分以下だ。減っていくフォロワー数を視認するのが嫌すぎて、そちらには随分ログインしていない。

——ゆきさんの書く小説、切なくてめっちゃ尊い！

——ゆきさんのAB小説は、普通の恋愛のようでいて何か違う感じがして、不思議な気分になります。唯一無二感がたまらないです。

——情景描写が上手《うま》くて、映画観《み》ているみたい。

——ABシリーズ、本出してくれたら絶対買います！

最新の二次創作作品についた賞賛のコメントを読み返し、由希子は自尊心を満足させる。もちろん自分も同じジャンルの作家を褒める。営業活動みたいだが、実際そうだ。ツンとりすました作家は『高尚様』と呼ばれて敬遠され、コメントはつかず、ブックマーク数の伸びも渋くなる。

どこかに虚《むな》しさがないとは言わない。由希子も才能が許すのならデビューしたレーベルでオリジナルの小説を書き続けたかった。二次創作が楽なのはしょせん各種設定が借り物だからで、土台の作品に依存した評価は、イコール自身の評価ではない。

デビューしたレーベルは、学生時代から大好きで思い入れがあった。この先輩作家たちの中に自分が加われたらどんなにいいかと、二次創作の合間にも夢を見た。

このレーベルの作家になりたい。ここから本を出したい。そしていつか、レーベルを引っ張る主力作家になりたい。

しかし、自分はそこで戦える人材ではなかった、ということなのだろう。残念だが。

デビュー作のクライマックスで、ヒロインに言い放たせた台詞《せりふ》を思い返す。

『私は彦野《ひこの》先生がいなくても、この世で一人になっても戦います！』

デビュー作の『異世界《ノルダール》の救世主に抜擢《ばってき》されたわけだけど、上司の女子中学生が教え子だった件』は、中学生のころから暇さえあれば夢想してきたストーリーが骨子になっている。タイトルのとおり、異世界の戦闘魔法学校に召喚された主人公の彦野と、魔法学校のトップ戦闘員として活躍する実世界の教え子山口《やまぐち》ほのかがタッグを組み、侵略の危機に瀕《ひん》した異世界ノルダールを救う話だ。何度も落選し、そのたびに改稿を重ねた作品だったが、八度目のチャレンジでようやく奨励賞となった。

――おめでとうございます、選考の結果、奨励賞に決まりました。

連絡はスマートフォンに入ってきた。かけてきたのは担当編集者となる横井《よこい》だった。今まで生きてきた中で一番嬉しい日だったと、由希子は記憶している。

あの日が人生で最良の一日だったのかもしれない。

やはり小説フォルダを開く気にはなれず、由希子はメッセージアプリに寄り道をする。三村《みむら》愛美が何か一言寄越《よこ》しているかもしれないと思ったからである。二日前、父が検査入院することは伝えていた。

レスポンスが来ていた。

『ゆきちゃんのお父さん、どう?』

三村愛美は、高校時代からの友人だ。同じ大学に進み、一緒に創作を楽しみ、在学中には当時ハマっていたアニメの同人誌を、三冊一緒に作った。推しの萌《も》え話をして盛り上がるのが楽しかった一方で、同じく二次小説を書く愛美を密かにライバル視してもいた。おそらくそれは愛美も同様だっただろう。創作を始めて思わされたのは、何か書いたり描いたりする人間のほとんどは、仲間意識を持ちつつもどこかで比べ合う性《さが》があるということだった。由希子はいつのころからか愛美の小説を読むたび、自分のほうが上手いところを探していた。あったとしてもそんなのは、主観でしかないのに。

とはいえ、愛美はオタ友としても、一般的な友人としても、本当に気が合って楽しい相手だった。何度も一緒にイベントに出かけたり、カラオケに行っては推しのイメージソング歌合戦をしたものだ。一番の友人の名前を挙げろと言われれば、由希子は迷わず愛美と答える。

その愛美に、由希子は思うままに返事を打った。

『今日、入院したよ。元気そうに出てった（元気そうって）』

『歳も歳だしどこも悪くないってことはないと思うけど、それは治療なり手術なりすればいいと思ってる』

『マジで見た目元気そうに出てった。近所のラーメン屋にでも行くみたいだったよ』

誇張でもなんでもなく、由希子は本当にそう思ったのだった、まるでラーメン屋かファストフード店にでも行くみたいだなと。

既読はすぐにはつかなかった。当然だ。愛美にも自分の生活がある。四六時中スマホを睨《にら》んでなどいない。由希子はメッセージを切り上げた。

愛美とのやりとりは、かつてに比べて間遠になっている。愛美は去年の初夏、遅い結婚をした。彼女の結婚は、由希子がデビューした際に生まれた若干の距離感とは、また異なる隔《へだ》たりを発現させた。

披露宴《ひろうえん》で友人代表のスピーチをしたのは、由希子とは面識のない女性だった。

――由希子はその気ないの？

愛美からも何度となく問われたことがある。その気というのは、当然結婚である。

――私が知らないところで、付き合ってる人くらいいるんでしょ？

披露宴の後に一度だけ会った際は、ずばりこう言われた。

——その川崎って人とはどうして付き合わないの？　漫画キャラとは結婚できないことくらい、分かってるよね。

情けないことに、由希子はそれで初めて、ずっと知らずにいた彼女の一面を知ったのだった。愛美は漫画キャラのことを『結婚できない相手』と見なしていたのだ。

気づけば、リビングで作業を始めてから一時間以上経っていた。ようやく由希子は小説データのファイルを開いた。

現在抱えているプロットは一つだけだ。

デビュー作は鳴かず飛ばずで、その後二作出版した別作品も寒々しい結果に終わった由希子に、小説関係の仕事はすっかりなくなってしまったのだが、横井は面倒見のいい女性で、別のジャンルで書いてみないかと声をかけてくれた。

——私は異動になりまして、今は別のレーベルにいるんです。ターゲットも、前よりは少し年齢層高めです。地に足のついたラノベというのかな。ライトなエンタメっていうのかな。女性読者も多いです。

書き下ろしを書いてみないかという打診を受けたのは、三年前だった。

——編集者として、石井さんが書く三十代女性のよりリアルな日常を読んでみたいと思っていました。仕事や結婚、趣味、等身大の女性が織りなす恋愛小説なんてどうでしょう。

編集者が求めるような物語は生み出せず、結果売れもせずで、当然見放されたのだろうと思っていたから、由希子は震えるほど嬉しかった。まだもう少し小説を書いていいのだ、作家でいられるのだという喜びだった。

だが横井の打診は、それまでで一番の難題だった。デビュー作からの三作品も、キャラの性別変更、生死変更、ラブコメ要素の追加など、苦しい改稿を求められ、満足な出来ではないにせよ何とかこなした由希子だが、等身大の恋愛小説に関しては、もう外国語で書けと言われているに等しかった。こねくり回した挙句にようやく「これならまあ、いいでしょう。とりあえず一度書いてみてください」とゴーサインが出た恋愛小説のプロットも、小説にするとなると遅々として進まないでいる。

しょせん締め切りがある仕事でもない。横井がまた別部署に異動にでもなったら、引き継がれず流れてしまうだろう。そう思うと、ますます文字が紡《つむ》げない。

そもそもプロットの中の、恋愛と仕事と趣味に悩みながらも日々を頑張るとかいう主人公に、由希子はまるで興味を持てないでいる。

そのため、ついついゲームやツイッター、二次創作に逃げてしまうのだった。

どうして横井はこんなテーマを打診してきたのだろう？　デビュー作とは明らかに毛色が違うのに――。悩んだ挙句、由希子は思い切ってメールで意図を問うてみた。だが、それから半年近く経とうとしている今も、返信はこない。

思いつきで好き勝手を提案されたみたいで、由希子はプロットのことを考えると苛立ってしまう。そして、イライラしながらプロットの中の主人公に問いかけるのだ。

流行《はや》りの映画を観に行くか、残業するか、彼氏の部屋に行くかで迷うような生活のどこが、あなたは楽しいの？　と。

溜め息をついた時、以前の職場の同僚だった川崎からメールが入った。

由希子はさらに溜め息をついた。追い溜め息だ。川崎からメールが入るたび、これにどう返事をしようかと軽い憂鬱《ゆううつ》を覚える。

――由希子はその気ないの？

愛美の問いかけが心の中で繰り返される。川崎と愛美、さらには上手く進まない小説の合わせ技で、由希子の裡《うち》に根を張っている根源的な問題が、じわりじわりと浮き上がってくる。

何も食べたくない。

由希子は立ち上がり、紅茶を淹《い》れた。もういい。いったん休憩だ。ネットでも見よう。

慶子からは、まだメッセージやメールが来ていなかった。入院手続きが長引いているのか。フクスケはダイニングテーブルの下で寝ていた。

窓の外に目をやる。

リビングから見えるのは庭の一部と生活道路、向かいの住宅である。例年冬囲いに苦労するイチイは赤い実が鈴なりだった。まだ冬支度には間がある。その時期までに父は帰ってこられるだろうか。晩秋の庭木の冬囲いから冬の雪回りの処理すべては、例年利夫が一人で作業していた。老体に鞭《むち》打って作業する利夫を見ながら、慶子はたびたび由希子に向かって「お婿さんがいればね」と嫌味の球を投げつけてきた。

空はよく晴れており、戸建ての屋根は日差しを跳ね返して眩しい。光の強さは、夏を思い起こさせた。蜻蛉《とんぼ》や蝶《ちょう》といった虫もまだ元気だ。

由希子は両親が今どうしているかを考えた。入院手続きを済ませて看護師から説明を受け、病室に案内されるのだろうかなどということをである。

父は今、何をしている？　自分の中のどこかが悪いかもしれない、という得体の知れない爆弾を抱えて。

——そんな仕事、無理してやるな。

思い出された利夫の一言は、『異世界《ノルダール》の救世主に抜擢されたわけだけど、上司の女子中学生が教え子だった件』の刊行に向けて、ゲラの校正作業をしていた時のことだった。由希子は張り切り、深夜まで自室の机でゲラに赤字を入れていた。すると夜中の二時にトイレに起きた利夫がわざわざ顔を出して、そう言ったのだった。

——結婚したら、そんなことしなくてもいいんだぞ。

そうも言った。

——うるさい。

由希子はそれらの言葉をまとめてばっさり切り捨てた。実際、うるさいだけの要らない心配だった。

あの時期、由希子の夢ははちきれんほど膨《ふく》らんでいた。受賞作がヒットし、話題になり、コミカライズされる。アニメ化もされる。映画化まで行くかもしれない。私の作品を基にした二次創作も作られるだろう。二次創作する側から、二次創作の原作を書いた立場になる。自分も世界に居場所を見つけられる。この道で生きていく……。

夢は夢のまま終わるからこそ、夢というのだ。

正午前、携帯に妹の真理子からメッセージが届いた。

『お父さん、今日から入院だよね。どう？　何かあったら教えてね』

優れた容姿に驕《おご》ることなく真っ当に勉学に励み、真っ当に就職し、真っ当に結婚して二馬力で働きながら二人の子どもを育てている真理子は、幼少時から思春期にかけてこそ由希子のコンプレックスの対象であったが、今は頼れる存在である。優秀なくせに、いかなる時にも明るく、かつどこかのほほんとした雰囲気を持つ妹は、昔から両親の自慢であった。

由希子は、まだ何も連絡がなく慶子も帰宅していないことと、慶子が帰宅したら連絡させる旨を書いて返信した。そして、壁に貼られたカレンダーを見やった。来月には退院しているだろうと思った。少なくとも、ひと月後の十月二十六日には帰宅しているだろうと。

そのころになれば、そろそろ冬囲いの時期だ。

慶子が帰宅したのは由希子が昼食を食べ終わった後だった。病室は六人部屋で、利夫のベッドは室内に入ってすぐの右側だった、荷物を置いたらすぐに検査が待っているようだったと話すのを、由希子は黙って聞いた。

＊

正午になってすぐ、西田《にし だ》真理子は弁当を持って休憩室へ移動した。ビル内の休憩室はあまり広くなく、自販機と給湯コーナー、テレビが一つきりと、殺風景であまり利用者がいない。社員の多くは社員食堂を利用するか、外へ食べに出る。真理子と同じく、毎日弁当を持参するのは、このフロアでは隣の部署の加賀美《か が み》こずえだけである。こずえは同期入社で気が合う同僚の一人だった。

大通りを見下ろせる窓際の席に陣取り、テレビをつけ、お茶を淹れていると、程なくこずえがやってきた。

「いやあ、実はさ」

真理子はこずえに利夫の検査入院のことを話した。世間話の一環ではあったが、それだけ気後れせずに話せる間柄でもあった。

「そうなんだ。大変だね」

こずえはすぐさま真理子をねぎらった。

「ありがとう。でも実家のことだし、今のところ私は何もしてないんだよね」

「ご実家は今、お父さんとお母さん二人暮らし?」

「ううん、姉が一緒に住んでる」

「あれ？　お姉さんって、作家の人だよね？」

「うん。三冊本を出した」

「お姉さんって東京にいなかった？　離婚されてご実家に戻られたんだっけ？　ん？　私、別の誰かと間違えてるかな」

姉にいくらかの申し訳なさを覚えながら、真理子はそれを否定する。

「姉はずっと独身で家にいるんだ」

「えーっ、そうだったっけ。ごめん」こずえの目の端あたりに、他人の家族の恥部を垣間見《かいまみ》てしまったような気まずさが一瞬浮かび、次にそれを振り払うように早口になった。「同居のお姉さんが見てくれるとしても、心配でしょ。心配は気疲れするものだよ。私にも母のことで覚えがあるから。なんでもないといいね」

「どうかな。もうすぐ八十歳だからさ」

「今は人生百年時代よ？」

そう言うこずえだが、彼女は三年前に実の母親を胃がんで亡くしていた。何年か闘病をした末だったはずだと、真理子は記憶している。週末は子どもを連れて見舞いに行くのだと気丈に話していたこと、籍を入れただけだった夫とフォトウェディングをし、母を入れて家族写真を撮ったと話していたことが思い出された。

何より、忌引《きびき》明けのこずえが、思いがけず晴れ晴れとした顔で呟《つぶや》いた言葉。

――私、お母さんの病気が、がんで良かったと思ってるんだ。

真理子は何となく利夫もがんを宣告されるんじゃないかという気がしている。今や二人に一人が罹患《りかん》する時代だというではないか。

利夫の検査入院について、慶子から伝えられた折、真理子も見舞いをどうするか考えた。これも慶子から聞いた話だが、利夫は自分が入院することを芳枝叔母《おば》や慶子の弟妹には話さぬよう、家族に言い含めたらしかった。余計な気を遣わせたり心配させたりするからだという理屈なのだが、だとすると入院中の利夫の元にはおそらく家族しか足を運ばない。慶子はまだしも、由希子はアルバイトを理由にあまり行きたがらないような気がする。

父の気遣いも分かるが、誰一人見舞いに来ない老人の入院も、想像すればうら寂しい。

「お父さん、どこか具合が悪かったようなの?」

尋ねられて、真理子は首を傾《かし》げてしまった。

「そういう話は聞いたことがなかった。お盆に会った時は元気そうにお寿司食べていたよ。腰が痛いとはしょっちゅう聞いていたけれどね。椎間板ヘルニア?」

「ああ、痛いやつだそれ。詳しくないけど」

「うちの父、腰が痛いから旅行とかもしない人なんだよね。長く同じ姿勢で座っているのが耐えられないからって、飛行機や電車にも乗らないんだ」

二人の子どもが利夫と慶子に懐いていることもあり、夫の広道《ひろみち》は長期休暇の家族旅行に実家の両親もよく誘ってくれる。腹の底を言えば、そういった義父母孝行をありがたく思う時もあれば、ありがた迷惑に思う時もあった。両親には感謝する点も多々あるし、逆にあれは自分ならやらないと心に決めている鮮もある。そういう不満や軋轢《あつれき》も含めて、真理子は自分の生まれ育った家庭環境を、ごく普通と自覚している。だから当たり前に、たまには両親も含めて旅行に行きたいと思うし、時々は家族だけで過ごしたいとも思う。

とにもかくにも、下の子どもが小学校に上がってから、利夫は真理子一家の旅行の誘いを断るようになり、断る理由は決まって腰痛なのだった。

「なんでもなく退院されるといいね」

こずえは気遣わしげに微笑《ほほえ》んだ。真理子は腕時計に目をやった。針はほぼ十二時半の形だ。利夫も昼食を取っている時刻だろうか。真理子が出産時に利用した病院は、十二時に昼食を配膳していた。

真理子は利夫が弱っている姿を見たことがない。だから、昼も普通に食べているのではないかという気がした。

「そういえばうちの旦那、来週福岡に出張なんだ」

こずえが話題を変えた。真理子はすぐにそれに乗った。

「いいね。あったかくて食べ物が美味《おい》しそう。うちの旦那はあんまり出張ないからさ」

「札幌市職員だもんね。うち三ヶ月にいっぺんくらいはどっか行ってる」

「マイル貯《た》まるでしょ」

「ワインと交換するつもり」

「テレビ入れよっか。朝ドラ再放送の時間だ」

「今の話って実話ベースなんだっけ？」

意図して話題を変えてくれたのかは分からないが、おかげで真理子は利夫の一件を深く気に病むこともなく、その日の昼休みもいつもと同じように平和に過ぎた。


何かあったら教えて、とのメールに、由希子は過不足なく応《こた》えてくれた。帰宅後、食事と風呂を終えて、子ども二人を寝かしつけて携帯をチェックしてみれば、ちゃんと返信が来ていた。

『無事入院した。今日はエコーとレントゲンをやったみたい。明日は内視鏡とＣＴだって。午後七時前に電話も来た。元気そうな声だったよ。真理子にも心配するなと伝えてくれって言ってた。伝えたからね』

スマホも携帯も持っていない利夫は、院内の公衆電話を使ったのだろう。

『元気そうな声だったよ』

メールのその一文を、真理子は見つめた。元気ならば、入院生活は退屈だろう、検査入院が無事終わったら、断られるかもしれないがまた旅行に誘ってみよう、子どもたちの冬休みに合わせ、一緒にどこかへ行くのもいいのではないかと、適当な行き先を頭の中でピックアップした。

ともあれ、嫁《とつ》いだ身である以上、日々の細々《こまごま》としたことは実家にいる母と姉に任せるしかない。

――これからは、新しい家族をすべてにおいて優先させよう。

結婚に際して真理子が決意したことの一つだ。

利夫の入院中、慶子は二日に一度のペースで病室へ行く計画を立てた。下着など、洗濯物の受け渡しをする必要もある。院内にランドリールームはあるものの、利夫は自分でそういうことはしない男だった。

手ぶらで行くのも味気ないと思い、由希子に「お父さんに何を持っていけばいいか」と意見を求めてみれば、『週刊囲碁』がいいのではないか」と言う。由希子に教えられたとおりコンビニの新聞ラックでそれを見つけ、持っていく。

＊

六階建てのA病院は俯瞰《ふかん》するとカタカナのエに似ており、東病棟と西病棟が中央の廊下で繋《つな》がっている構造である。利夫が入院する消化器内科は、東病棟四階にあった。

四基あるエレベーターを降りたすぐ近くに、ナースステーションが待ち構えている。東病棟と西病棟を繋ぐ廊下に面して、木製の受付カウンターが横に伸び、前面に張られたガラス越しに、中のナースたちの様子が窺えた。午後一時をやや回った時間帯、詰めていたのは見える範囲で三人だった。

カウンター上の面会名簿に、氏名と利夫のいる四〇八号室の病室番号、面会相手の名前、現在の時刻を記入する。

四〇八号室は、東西病棟を繋ぐ廊下と東側廊下がぶつかる位置にあり、ナースステーションから一番近かった。

入って右手すぐのベッドに、その日の検査を終えた利夫がいた。眠ってはおらず、半身を起こして囲碁の本を読んでいた。オーバーテーブルには、持ち込んだ絵葉書と筆記用具、住所録があった。

他のベッドは、一床をのぞいて埋まっていた。相部屋の病人たちは、誰一人慶子に目もくれず、気《け》だるそうにベッドに横たわっていた。

利夫はすぐに入室してきた慶子に気づいた。

「元気?」

入院している相手に向かって言うにはおかしな言葉だが、それだけ慶子の目には利夫は普通に映った。調子が悪そうな他の同室患者の中で、利夫は異質だった。

利夫も「元気だ」と返し、すぐにベッドから立ち上がった。面会時には基本的にデイルームを使用する決まりがあるためだ。

来た廊下を、慶子は利夫と一緒に戻った。ナースステーションの前を過ぎると公衆電話のコーナーがあった。ここでいつも利夫は家に電話をかけているのかと、それをつくづく眺める。入院中の利夫は、夜七時前後に決まって家に電話をかけてきて、慶子と由希子に「心配ない」「元気だ」と主張するのだ。電話コーナーの隣がデイルームだった。

デイルームは広々として明るかった。中庭に面した壁一面に大きめの窓があり、採光が良いのだ。白い丸テーブルが等間隔に置かれ、四つの椅子がそのテーブルを囲んでいる。セルフサービスで水が、お茶とコーヒーは有料で飲めるようだ。人はあまりおらず、ほとんどのテーブルは無人だった。奥に一人遅い昼食を取っている入院着の女性がいた。食事もデイルームで食べていいらしい。

利夫は二つのコップに水を汲み、一つを慶子に渡した。そして空いている席を取り立てて吟味することもなく、窓際の日差しが当たる席に腰を落ち着けた。利夫が窓のほうを向いて座ったので、慶子は窓を背にした椅子に腰を下ろした。

二人はそこで、別段変わった話をしなかった。慶子が入院生活や検査はどうだと尋ね、利夫がそれに、どうということはない、大きな検査は終わったというような答えをしてから、家や家族のことを尋ね返し、慶子がまたそれに答えた。

「元気よ。フクスケも元気。あなたがいなくて寂しがっているわよ」

すると、利夫は何かを小馬鹿にするように、ふんと小鼻を膨らませた。

「犬畜生なんてのは、いない人間はすぐ忘れるもんだ」

慶子がこの言葉を聞くのは、初めてではなかった。利夫はフクスケを溺愛《できあい》しながらも、その愛情と忠誠心の持続には期待しないという態度を貫いていた。

「フクスケより、由希子はちゃんとやってるのか?」

「あなたに言われたとおり、エンジンはかけてるわよ。つまらなそうな顔でバイトにも行ってるし、いつもどおり」

「そうか」

「いつまでバイトなんだかって思うけれど」由希子の話題になると、その先行きを思ってどうしても溜め息が止まらない慶子である。「ニュースで聞く出会い系っていうのかしら。ああいうの、由希子こそやってみたらいいのに。親を安心させようという気がないんだから。自分さえ良ければいいのかしらね。将来が心配よ。親が死んで一人になったらどうするのかしら」

「おまえが甘やかしたからだ」

「お父さんはいつもそうやって私を責めてばっかり。育児は女の仕事だって言って、全部私に任せきりだったくせに」

ふいと拗《す》ねたように、利夫が目を逸《そ》らした。「男は仕事がある。女が家の中のことをやるのは当たり前だ」

「そんなカビ臭い考え、人前で絶対言わないでよね。恥ずかしいんだから」

「はいはい、ぜーんぶお母さんが正しいです。ごめんなちゃーい」

「そうやってすぐ茶化すのも悪い癖。本当に私が正しいなんて思っていないくせに」

利夫のコップの水がほぼなくなった。時間は四十分程度経っていた。あまり長居をしても利夫を疲れさせると思い、慶子はそこで暇《いとま》を告げた。利夫は頷いた。

「またお母さんが来てくれると嬉しいなあ」

「本当にそう思ってる?」

「本当に思ってるんだもーん」

胡麻《ごま》をするような言葉は、先ほどのちょっとした言い合いで生じた険悪さを払拭《ふっしょく》するためだろう。声も普段より高めだった。冗談めかす時、利夫はこのトーンになる。デイルームにいた女性患者が、こちらに視線をくれたことに気づき、慶子は少し恥ずかしくなった。利夫はこういうふうに人前でもおちゃらける。もう少し病人らしく振る舞えばいいのに。あるいはこれも、人の意表を突きたいという厄介な気性からくるのか。

廊下に出ようと利夫の脇をすり抜け、慶子は足を止めた。利夫がぼんやり立ったままだったのだ。

「お父さん、どうしたの?」

「いや、明るいなあと思って」

利夫は窓の外を見ていた。

眩しく輝く水平線の、その先を見るような目だった。

九月の終わりの日差しは、まだしっかりと強かった。

すべての検査が終わり、十月二日午後二時から、担当医による説明が行われた。慶子も同席した。検査結果の説明には家族も同席するよう、最初から言われていた。

その場で利夫は、膵臓《すいぞう》がんの宣告を受けた。

4

膵臓がん　ステージⅣ　余命一年

十月二日午後二時から行われたインフォームドコンセントで、椎名利夫に告げられた主な内容である。

A病院消化器内科勤務の看護師、庄司沙耶香《しょうじさやか》は、担当医師の奥村《おくむら》が椎名夫妻に説明する内容をパソコンに入力しながら、告知を受けている利夫本人や、付き添いの妻慶子の様子にできる限りの注意を払った。

医師の説明が専門的ではないか、分かりづらくないか、患者が置いてきぼりになっていないか――そういう点を庄司は気にした。

椎名利夫という患者を特別視しているのではない。庄司はいつもそうする。

がん告知の場に同席するのは、庄司にとってはありふれた日常だった。

急性期病院のA病院を訪れるのは、基本的に健康診断や人間ドックで異常が発見された患者、地域のクリニックで精密検査や高度医療が必要と判断された患者である。一定の選別を経て来院するのだから、それだけ深刻な病態を抱えている患者も多くなる。

利夫もワンオブゼムなのだった。

「残念ですが、治療をして治癒《ちゆ》を目指す段階では、すでにありません」

利夫は肝臓と肺に転移が見られた。痛みを抑えるなど、症状コントロール以外に積極的な治療方法はない。残された時間をできるだけ豊かで穏やかに過ごすのが、現代医療において最上の選択なのだった。

奥村医師が静かに淡々と、ここではもうどうにもできない、治せないから別の病院に移ってくれと椎名夫婦に話すのを、庄司は黙って聞いていた。

A病院に緩和ケア科はなく、ターミナルケアには対応していなかった。あくまで『治療をして積極的に治す』病院だった。

「A病院は急性期病院なので、もっと適した病院に行っていただくということです。もちろん、移るまでの期間、こちらで必要な処置はいたします。市内に五ヶ所、紹介先の候補がありますので、希望の病院をおっしゃってください」

庄司の目には、最初夫婦の反応が薄いように思われた。だが、まるっきり呆然《ぼうぜん》としていたのではなかった。説明を続ける奥村医師の話の腰を折るように、慶子が突然口を挟んだ。

「カルテの写しはいただけるのでしょうか。先生の診断が間違っているというわけではないんですが」

「僕の説明で分かりづらい部分がありましたか？　何度でもご説明しますよ」

「とんでもない。病名も余命も分かりました。ただ、こちらとしても重大な内容なので、他の先生の意見もお聞きできればと思ったんです」

奥村医師は鷹揚《おうよう》に頷いた。

「ご希望であれば、セカンドオピニオンのための資料と紹介状をお渡しいたします」

「お父さん。もう一軒病院に行ってみよう」

慶子の提案に、利夫は驚いたようだ。

「もう一軒？　行ってどうするんだ？」

「意見を聞くのよ。セカンドオピニオンっていうの。聞いたことあるでしょう？」

「あるけどおまえ、先生に失礼じゃないのか。ねえ、先生」

「いいえ、気兼ねされる必要はありません。手配をしておきますね。庄司さん、お願いします」

奥村医師の視線がこちらにきたので、庄司は頷いた。

「用意をして、後ほどお渡しします。緩和ケア科の病院の資料のほうは、どうされますか？」

緩和ケア科の資料は、奥村医師の指示で手元に用意してある。庄司は茶封筒に入れられたそれを、夫婦に示してみせた。利夫は黙っていたが、慶子が応じた。

「一応いただきます。でもまずは、セカンドオピニオンをさせてくださいな」

小一時間ほどでインフォームドコンセントは終わった。最後に奥村医師が定型文として質問の有無を訊いた。それに利夫は腰が痛く、腹も張ると訴えた。

利夫は入院当初から腰が痛いと言い続けており、非オピオイドの痛み止めも処方されている。また便秘症でもあった。排便のない日があることは、チェック済みである。

「痛みは日々強くなっていますか」

「もともと痛えから」

「薬を増やしてみましょう」

「いったん退院はできるんですか？」

「そうですね、ここでの検査は終わりましたから、いったんご自宅に帰りましょうか」

明日退院となり、夫婦は家族説明室を出ていった。

二人の後ろ姿に打ち沈みは感じられなかった。ショックに打ちひしがれている様子でもなかった。つまり、庄司の目からは大きな変化が探し出せなかった。

扉が閉まる間際、慶子の右手が利夫の背に当てられるのが見えた。

＊

家族説明室を出た慶子の気持ちは、萎《な》えてはいなかった。宣告はショッキングな内容だったが、出合頭《であいがしら》の一発で白旗を揚げるわけにはいかないのだ。

慶子は自分の意に反する事態に直面した時、大人しくあるがままを受け入れるタイプの人間ではなかった。自ら行動して道を切り拓《ひら》くことを是《ぜ》とし、そうしない人間の弱さを嫌った。

それに、お互いの年齢も年齢である。人生の店じまいの時期を意識し始めたころから、いつかこんな日が来るだろうと覚悟はしていた。今回、ついに店じまいがいつかという期日設定の段階になったというだけ。セカンドオピニオンは診断に不服があるとか、誤診を疑ったとかではなく、より多くの情報を収集したほうがいいのではという感覚だった。

そんな慶子の気持ちを知ってか知らずか、利夫は告知の後もなんとなくピリッとしない雰囲気だった。慶子は話しかけた。

「お父さん、明日家に帰れるね。明日は朝一番に来るわね。ロッカーの整理もあるし。食べたいものはある？　考えておいてね」

二人はゆっくりと病室へ歩いた。慶子は利夫が痛いと言っていた腰を、そっとさすった。

「お父さん、ここが痛いの？　薬増やしてもらえて良かったね」

「治療のこと言わなかったな」

いっとき、慶子は言葉を失った。奥村医師の説明を正しく理解していれば、それは絶対に出てこない言葉であった。

利夫は自分が治療を受けられると思っている、慶子はそう理解した。利夫は加齢で耳が遠くなっていた。

「お父さん、聞こえていなかったの？」

家族説明室を出てしまったが、奥村医師と庄司はまだ中にいると思われたので、もう一度きちんと言い含めてもらったほうがいいかもしれないと、慶子は出てきたばかりの扉を振り返った。

「いや、聞こえた。俺はがんなんだろう」

「だって、治療って」

「俺は手術をしてもいいぞ」

慶子は説得する気がそがれた。老いていく日々の中、いつかこんな瞬間が来ると思っていても、いざその時を迎えれば、状況がどうあれまず治りたいと願ってしまうものなのかもしれない。また、セカンドオピニオンを受けた病院で治療の道を提示される可能性も、もしかしたらあるのかもしれない。利夫の希望をさっそく挫《くじ》くなど、慶子にはできなかった。

利夫の気持ちを挫かず、かつ、現実に即して寄り添う言葉を、慶子は絞《しぼ》り出した。

「まずはセカンドオピニオンに行ってみましょうよ、お父さん」

「あと一年ってのは、違うんじゃないかなあ」利夫は考え考え言った。「がんかも知らんが、そう切羽詰まった感じはしねえんだよな」

「お父さんが言うなら、きっとそうよ。自分の体のことは自分が一番よく分かるって言うもの」

「そうだよな」

「セカンドオピニオンで、もっといい方法を提示してくれるかもしれないし、もし治療をしましょうとなったら、それこそ一年が二年にも三年にも、孫たちが成人するまでにもなるかもしれないわ。私が先に逝《い》くかも」

「お母さんが死ぬのは困るな」

「ともかく、選択肢が増えるのはいいことだわよ」

何も明日死ぬと言われたのではない。あと半年と言われる人だって大勢いるだろう。こちらは今のところその倍をもらえている。個人差だってあるはずだ。今も慶子の目からすれば、利夫はごく普通に見える。健康な老人ですと紹介されれば、おそらく疑うものはいない。だとしたら、一年以上生きる可能性は十分あるように思われた。

あと一ヶ月と言われたならば、短すぎた。一週間ならば何もできなかった。しかし、そうではないのだ。利夫の余生をより良くするために、行動する時間はある。

慶子はそこで一つ思い出した。

「そういえばお父さん、黒部《くろべ》峡谷好きよね」

腰痛を理由に旅行しなくなった利夫だが、テレビなどで黒部峡谷が取り上げられると、決まって「ここいいな」と興味を示したのだ。

体が動くなら、まだ旅行に行ける。旅行に行くなら、黒部峡谷がいいんじゃないか。余生をより良くするための一つの手だと、慶子は思った。

「旅行は腰がなあ」

「どこか他に行きたいところある?」

「まあ、あると言えばある」

「どこ?」

利夫はにやにやして答えようとしなかった。慶子は話を戻した。

「黒部峡谷は、由希子に言えば、いいツアーを見つけてくれるんじゃない」

慶子は由希子の浅黒い顔を思い浮かべた。

旅もいい。ただ、利夫にとってもっとも喜ばしいことは、きっと旅ではない——ウェディングドレス姿の真理子を目にした時の喜びと感動が、慶子の胸に蘇《よみがえ》った——娘はもう一人いる。もう随分トウが立ってしまったけれど、だからこそ心配な娘が。由希子が幸せになった様をこの目で見られたら、どんなにいいか……一年の間に。もちろん、本人の気持ちが最優先ではあるが。

利夫と廊下を歩きながら、慶子は由希子の将来を考えた。利夫のより良い余生と由希子の将来は、相似形の問題に思われた。

由希子に結婚してほしいと思うのは、親の身勝手な望みなのだろうか。世の未婚の子どもを持つ親は、どのような気持ちでいるのだろう。

由希子はどうして、結婚しないのか。

私の躾が悪かったのか。幾つになっても、経済的にも精神的にも親に依存してしまう、未成熟の娘に育ててしまった私が悪いのか。

それとも——結婚できないのか。そういうことには結びつかない、特殊な恋愛をしているのだろうか。

川崎は目くらましで、由希子が好きなのは本当は……。

今までも何度かよぎった、愉快《ゆかい》ではない、生理的な嫌悪を覚える想像を、慶子は意志の力で振り捨てた。

「由希子と真理子には言うんだろ」

病室に入るほんの少し手前で、利夫が確認してきた。

「今日のインフォームドコンセントのこと？」

「ああ。俺の病名や何やら、さっき言われたこと」

「言わないほうがいい？」

「いや、お母さんに任せる」

「分かった。あの子たちは家族だから、教えておいてもいいと思うわ」

「じゃあ、由希子もちょっとは考えるかもな」

「何を?」

「結婚しとこう、とか思わんかなって。俺が死ぬ前に」

慶子は咄嗟《とっさ》に利夫の顔を見上げた。夫の表情は、センシティブな発言を意図してやった、というふうではなかった。いつもの軽口の一つに過ぎないようだ。

だから慶子は、先ほどの告知で、利夫が落ち込んだりショックを受けていないと確信した。慶子の不安はいくらか和らいだ。この調子なら、余生のあれこれも建設的に話し合える。

利夫は帰宅する慶子に「気をつけて帰れよ」と言った。

今日はタクシーで帰ろうと何となく思っていた慶子だが、バスを使うことにした。バスターミナルまでの道のり、慶子は意識して歩幅を広くした。

*

インフォームドコンセントを受けた日の夜、慶子は二人の娘に、内容を詳《つまび》らかにした。同居の由希子には直接話し、真理子にはメールをしたのちに電話でも伝えた。

電話口の真理子は気落ちした声だったが、慶子の説明をよく聞いて「ありがとう、分かったよ」と言った。

親がいる限り、自分も娘でいられる部分がある。それは生まれてから今まで変わらずに存在する己のアイデンティティである。親が死ぬということは、誰かの娘である自分がなくなること、一つのアイデンティティが失われるのと同じだ。

このアイデンティティの喪失は、すでに妻と母という新たなアイデンティティを獲得している真理子のほうが、容易《たやす》く乗り越えるだろう。

「お母さん、今は無理かもしれないけれど元気出してね」

「ありがとう。お母さんは大丈夫だよ」

「私にできることがあったら言ってね。何はともあれ、退院するのはおめでたいよね。咲良《さくら》と隼《はや》人《と》を連れて遊びに行こうか」

「いいの？」

咲良と隼人という二人の孫を、利夫は目の中に入れても痛くないほどに可愛《かわい》がっている。また、素直に育っている孫二人も、無邪気に利夫に懐いていた。上の咲良は次の年度替わりで小学校六年生になるが、今も「じいじ、じいじ」とべったりだ。二つ下の隼人もである。会えば利夫も嬉しがるだろう。

「歓迎よ。そうしてちょうだい」

「旦那にも話すね。行けたら次の日曜にでも早速行く」

「お父さん、喜ぶわ」

「同僚のこずえさんが言ってたんだけど、がんってそんなに悪い病気じゃないんだって」

聡明《そうめい》な真理子は、通話の中で気持ちを切り替えてみせた。

「こずえさんのお母さんもがんで亡くなったの。でも、送った後、しみじみがんで良かったって言っていた。がんって、お別れが言える病気なんだって。それまでにまとまった時間がもらえるから、本人も周りも十分にやりたいことをやれる。今なら終末期の痛みのケアもちゃんとしてもらえるそうだし。そう考えると、事故とかで突然命を奪われるより、ずっと恵まれているのかもしれないね」

慶子は受話器を握りしめながら、真理子の言葉に何度も大きく頷いた。


アルバイトから帰宅した由希子は、細長い顔をこわばらせ、視線をカーペットに落とした。

「そっか」

「由希子」

励ましを込めて呼びかけると、由希子はその目をすぐに上げた。

「だよね、もう八十だもんね」

由希子も利夫の年齢を考え、悪いところは何もないなどという夢みたいなことは、はなから期待していなかったのだろう。

「そうよ。一年先かどうかはともかくとして、お父さんとお母さんはあんたより先に死ぬんだからね。当たり前のことが起こるだけよ」

「お父さんの様子はどうだった？」

「大丈夫、それほどショックって感じじゃなかった。治療しないのかって言っていたわ」

「治療？　治る気満々なんだ。落ち込んでないなら良かった」

由希子はいったん言葉を切り、静かに長く息を吐いた。

「一年、あるんだよね」

「もっとかもよ。お父さん、顔色良いもの。がん患者だなんて、信じられないくらいよ」

「入院する時も元気そうだったもんね」

「お父さんと一緒に黒部峡谷に行くのはどうかって」

言うと、由希子はすぐに慶子の意図を察したようだった。

「調べとくね、任せて」

「由希子もお父さん孝行してあげなさい。あんたが一番心配かけてるんだからね」

「そうだね」

「ところであんた」慶子はさりげなさを装い尋ねた。「川崎さんは元気なの？」

「川崎さん？　元気じゃないの？」

「今もたまに会ってるんでしょう？」

由希子は首を傾げたが、慶子は畳み掛けた。

「最近はどうなの？」

もっと詳しい話を聞きたかったが、由希子は答えずに自室へ引っ込んだ。その細長い後ろ姿を見送りながら、慶子の頭の中に利夫が最も喜ぶだろう未来絵図が、かまいたちのようによぎった。

——結婚しとこう、とか思わんかなって。俺が死ぬ前に。

先ほどの『お父さん孝行』や『川崎さん』の意味合いを、由希子はどう受け取ったか。正しく真意を汲んでほしいと、慶子は願った。


驚いたことに、利夫からはいつもどおりの午後七時過ぎに電話が来た。夕食はちゃんと食べられたかと尋ねると、食べたと返ってきた。由希子が替わってくれと手を差し出したので受話器を渡す。

「お父さん、どう？　明日退院できるんだってね。良かったね。帰ってきたら一緒にモスバーガー行こうか？　明日、シフトないんだ」

受話器の向こうで利夫が笑った気配が伝わってきた。続いて、大きな声が漏《も》れ聞こえてきた。

「お父さんは大丈夫だからな。心配するな」


十月三日。退院の日はどんよりとした曇りだった。

午前九時ごろ慶子が病室へ行くと、利夫はまだ入院着のままごろごろしていた。その尻を叩《たた》いて身支度をさせ、ロッカーを整理し荷物をまとめた。トイレに行った利夫が髪に櫛《くし》を通して戻ってきたところに、担当看護師の庄司が請求書とセカンドオピニオン用の書類一式を持って現れた。

「庄司さんとお別れするの、寂しいなあ」

「あはは、本当ですか？　ありがとうございます」

利夫のいつものおふざけにも、庄司はからからと笑った。

会計を済ませて、利夫と慶子は病院を出た。

「ああ、イチョウが黄色くなり始めているなあ」

玄関から出てすぐの車寄せには、タクシーが後部ドアを開けて待っている。利夫はつと立ち止まって外を見回し、何をするでもなく左手を体の前でゆらめかせた。外気の温度や湿度を手のひらで確かめているような仕草だった。まるで意図せず穴倉から解き放たれた捕虜のようだと、慶子は思った。

タクシーの中で、退院祝いの食事は何が良いか尋ねた。しかし、利夫からは曖昧《あいまい》な答えしか返ってこなかった。車窓を過ぎるファストフード店を、眩しそうに目で追うばかりである。

「まさかお父さん、ホットドッグがいいの？　本当に由希子と食べに行くの？」

「いや、それはまた今度な。今日はお母さんのご飯ならなんでもいいや」

「黒部渓谷のツアーね、あれ、由希子が調べてくれているわよ」

「冥土《めいど》の土産ってやつか？」

利夫はゆったりと紫煙を吐くように呟き、また車窓に目を細めた。その目がひどく遠いものを見るようで、慶子はひやりとした。

だが、次に慶子を振り向いた利夫は、おどけた調子で言った。

「お母さんと一緒なら、お父さん行きたいなあー。行きたい、行きたい」

行きたい、行きたいの部分は、節をつけて、語尾を伸ばし、さらに声を高く上げるまでした。

「ちょっとお父さんたら」

利夫の振る舞いに慶子は笑った。そして、先ほどの遠い目は、気のせいだと思い込もうとした。

5

「おかえり、お父さん」

「ああ、ただいま」利夫は出迎えた由希子に、にやりとした。「お土産はないぞ」

「それは残念」

「車のエンジン、どうもな」

由希子は父の手に車のキーを返した。

余命一年の告知を受けて退院してきた利夫は、由希子が思い描いていたよりも元気そうだった。由希子は告知の内容のショックを折りたたむようにして胸の奥に押し込んだ。

利夫がリビングのソファに身を落ち着けたのを確認して、自室に戻る。それから由希子は、もう一つの思い煩いに向き合った。

『話があるので、一度会ってもらえないだろうか』

『近く、ランチを一緒にどうですか』

川崎からは、実はメールが来ていたのだった。由希子はその文面を眺めて、しばし考える。返信はまだしていない。保留中だった。利夫のことのほうが気になっていたからだ。

話とはなんだ？

メールを受けてすぐに思ったのは、「面倒くさい」だった。大学卒業後に勤めた職場で出会った川崎は、由希子の何が気に入ったのかは知らないが、職場の同僚には止《とど》まらない交友関係を持とうと、押し付けがましくない誘いをくれ続けた。ご飯を食べに行ったり、カラオケに行ったり、休日に野球観戦に行ったりなど。会社が潰《つぶ》れて職場の繋がりがなくなっても、川崎の誘いは続き、よって付き合いも完全に絶えてはいない。他の元同僚とはせいぜい年賀状のやりとりをするくらいだというのに。

本当に話ってなんだろう。借金を申し込まれる立場でもあるまい。自社製品の売り込み営業だろうか。川崎は今、保険会社に勤めている。

それとも、もっとややこしい話なのか。いや、それはない。そういう付き合いをしているつもりはない。

由希子は川崎にのろのろと返信を打った。シフトに照らして、明日からしばらくの出勤日を伝える。誘いを断ることはしなかった。話があるという人間の誘いを断るのは、いささか心苦しくなるものだ。川崎は昔から何事にも欲を感じさせない老人のような雰囲気があり、その雰囲気が、何かを断る際に断る側が感じる気まずさや申し訳なさを、いっそう助長するのだった。

送信して十分後には返信が来た。

『明日、どうですか』

昼前に、由希子の職場に近い札幌駅東改札前で待ち合わせることとなった。

それから由希子は利夫のことと、慶子が昨夜かけてきた言葉について考えた。

——由希子もお父さん孝行してあげなさい。

何を望まれているのかは、分かっている。


翌日、午前の業務を終えた由希子が待ち合わせの札幌駅の東改札に赴《おもむ》くと、川崎はすでに来ていた。彼はスマートフォンもいじらずに行き交う人々に注意を払っていたので、すぐに由希子に気づいた。

「久しぶり、元気そうだね」

川崎は早口でそう言った。彫りの深い川崎の顔にはやつれが見えた。頰と突き出た喉仏のあたりからは、体重の減少も窺える。指名手配を受けている人のようだなと、由希子は密かに思った。

歩きながら何を食べたいか問われたので、何でもいいと返す。実際由希子は何でもよかった。食にさほど興味がないからだ。川崎はあまり移動せず、手近な洋食屋に入った。

「お父さんとお母さんは元気?」

「父は」短い間だったが、由希子は迷い、その上で正直に答えた。「あまり良くない」

「病気?」

「検査入院していた。昨日退院したけど、がんだって」

「そうなんだ」

川崎の表情が硬くなった。会話が途絶えた。正確な病名と余命宣告について、由希子は伏せた。話があると言いつつ、川崎はすぐにはそれを切り出さなかった。由希子は義務のように黙々と、パスタや牛ステーキ、サラダなどが載ったワンプレートランチのあれこれをひたすら胃に落とし続けた。

そろそろ食べ終わってしまうといった頃合いに、ようやく川崎が意を決したように言った。

「申し訳ないけど、もう会えない」

好物を最後に食べるスタイルの由希子は、満を持してサラダのアボカドを口に入れた。そうか、今日が最後になるのか。

「由希子さんを幸せにしたいと思った時期もあったけど、できなかった。お父さんが病気なのに、すまない」

川崎はとっくにランチを全部食べ終えていた。由希子はアボカドを咀嚼《そしゃく》し、飲み込んだ。

「謝ることじゃないでしょ、別に」

「でも、普通傷つくでしょ。女の人は」

「なんで?」

由希子が純粋な気持ちで問うと、川崎の弱腰な表情に一刷《ひとは》け別の感情が混じった。それは不服、ムカつき、プライドを傷つけられた、といった類のもののようだった。

「ごめん」

何が悪かったかは後で考えるとして、由希子はとりあえず謝り、フォークを置いた。川崎もすぐに気を取り直した様子だ。事情を話し始めた。

「実は、道職員の中途採用試験に挑戦している。一次は通った」

「そうなの？　合格するといいね。公務員、似合ってる」

デスクに向かっている時の川崎は、古い映画に出てくる会計士のような雰囲気なのだ。真面目で気弱な印象で、少し神経質そうで、おどおどと微笑む。腕に黒いカバーをつけていそうな感じ。

「今年は合格するつもりでいる。言ってなかったけど、退勤後、予備校に通って勉強しているんだ」

「へえ。知らなかった。すごいね」

「俺の親も、もう七十を超えた」川崎は食後のコーヒーに砂糖とクリームを少し入れて一口飲んだ。「公務員になったら安心するだろう。結婚して孫も見せてやりたい」

そこで川崎は、眼鏡《めがね》の目を由希子にひたと据《す》えた。

「ごめん。今俺、付き合ってる女性がいる。予備校で一緒に勉強している女性と夏から」

由希子はミルクだけを入れた。「なんでごめんなの？」

「由希子さんを捨てる形になるから」

コーヒーはやや薄めだった。由希子はカップの側面に触れて、指先で温かみを拾いながら、川崎の言葉を解き明かそうとした。

「そっか。私、捨てられるのか」まるで持ち物みたいに言うものだなと由希子は思う。「捨て

いかと思うと」

「申し訳ない。由希子さんだって、いや、由希子さんのほうが、今なら結婚したかったんじゃないかと思うと」

「私のほうが?」

「親が病気になったら、俺なら身を固めた姿を見せるよ」

「でも、私たち付き合ってなくない? 別に」

「俺は付き合ってるつもりだった。少なくとも一年前までは」

川崎は先ほどの一刷けの感情を復活させたようだ。微《かす》かな怒り。由希子は二度頷いた。同じ職場にいた時、同僚の女性社員から二人の関係を質《ただ》されたことがあった。その時女性社員はこう言っていた。

——川崎くんは、自分は由希子さんと付き合っているつもりだって言ってたよ。

三回誘われればそのうちの一回カラオケなどに出かけるくらいで、特別な関係を持ったことは一度もない。由希子は女性社員の誤解を訂正しておいた。だが、川崎本人に釘《くぎ》は刺さなかった。

「一年前まで、俺が結婚するなら、相手は由希子さんだと思ってた」

由希子はまた頷いた。確かにそんな言葉も川崎の口から聞いたことがあった。デビュー作が刊行された年、地方紙に短いエッセイが載った少し後だった。チケットが取れたからお祝いを兼ねてと言われ、野球観戦に一緒に行った帰り、車で家に送ってもらう途中だった。随分前の話だ。

——結婚するなら、相手は由希子さんだと思ってる。

ハンドルを握りながら、いつもよりは硬い声で川崎は言ったのだった。由希子はぽかんとなった。一度たりともそんな未来を思い描いたことはなかったからだ。

——私は結婚しないと思う。

川崎はそれには何も答えず、軽く笑った。

その時を思い出し、由希子の心に仄暗《ほのぐら》い何らかの感情が頭をもたげた。それを蹴飛ばすように、川崎が低く言った。

「分かってるくせにスルーされ続けるのは、こっちも耐え難いものがある」

川崎のコーヒーはまだカップに半分以上残っている。けれども彼はもう、口をつけるそぶりを見せなかった。

「由希子さんにもタイミングがあるだろう、今は小説を書きたいんだろうと思って、由希子さんの気持ちを優先して待っていた。でも、もう小説は引退したんだろ。引退して何年も経ってるんだろ。なのに、いまだに俺の気持ちにスルーを決め込む。俺にもタイミングがある。いつまでも若くない」

由希子もコーヒーカップを置いた。喉をねっとりした苦味が落ちていく。

「由希子さんは、人の気持ちが分からない人なのかもしれない」

川崎がこちらに視線を合わせた。一見気弱そうに見える男の目が、この時ばかりは揺るがぬ決意に満ちていた。

「お父さんが回復されるのを祈ってる。今までありがとう。由希子さんも幸せになってくれ」

川崎は頭をしっかりと下げると、伝票を持って席を立った。

一人取り残された由希子は、コーヒーの残りを眺めながら、店内のざわめきを聞くともなしに聞いていた。今の川崎とのやりとりは、和やかな昼間にはあまりふさわしくなかったに違いないのに、取り立てて厳しい、もしくは憐れむ視線は感じなかった。みんなそれぞれに忙しいのだ。

胃の中身が波打っている感じがした。由希子は冷めたコーヒーで持薬を飲んだ。

由希子は午後のシフトに遅刻した。

心のどこかが凍ったと思った。一時間にも満たない川崎との対面で、由希子の胸奥を刺し貫いた言葉があった。

――申し訳ないけど、もう会えない。

――ごめん。今俺、付き合ってる女性がいる。

――由希子さんは、人の気持ちが分からない人なのかもしれない。

――引退して何年も経ってるんだろ。

自分のデスクで、由希子はそっとスマートフォンのメモを開き、川崎から放たれた自分への言葉を、文字にして残した。


由希子は帰りの電車の中で考えに沈んでいた。

利夫のインフォームドコンセントを受けて、慶子はこう言った。

――由希子もお父さん孝行してあげなさい。

――川崎さんは元気なの？

何を望まれているかは、察している。余命宣告など関係なく、彼らの望みはずっとあったのだから。ただ、余命宣告されたことで、より明確に圧力がかかるかもしれないと思った。となれば、川崎からもう会わないと告げられたと知れば、嘆くに決まっている。小学校五年生でも分かるロジックだ。

小学校五年生、か。

ふと懐かしくなった。

デビュー作の『異世界《ノルダール》の救世主に抜擢されたわけだけど、上司の女子中学生が教え子だった件』を必死で書いていた最中、これだけはと心に決めていたことは、小学校五年生の読者が読んでも分かるように、だった。

とっぷりと日が暮れた中を、電車は走る。由希子は顔を上げた。夜を背景にした電車の窓ガラスは鏡面と化して、車内の様子とともに痩せた中年女をぼんやり映し出していた。こけた頬、目の下や頬のたるみ、腹話術の人形のように口の脇に刻まれたほうれい線が、ありふれた鏡で見るよりも強調されていて、由希子は自分はもう若くないと、強く実感した。

二十年前、ああオバさんだなとそこらの女性を眺めたその姿に、今自分がなっている。

帰宅した由希子は、フクスケの歓迎を軽くあしらい、リビングに行った。両親はすでに夕食を終えていた。退院してからこっち、利夫を見るたび顔色を観察するのが習慣になっている。この時も由希子は素早く観察した。まったく普通だった。そこらで出くわす他の老人よりも、血色はいいように見える。一年というタイムリミットが、急にぼんやりと淡くなる。案外何事もなく、三年後も五年後も生きているのではないかと思う。

川崎と昼に会うことは話していなかった。由希子が夕食を食べていると、利夫はテレビを消して風呂に入りに行った。

「お父さん、どんな感じ?」

「元気よ。今日も囲碁を打ちに行った」

「何でもなさそうに見えるよね」

「腰が痛いって言っているけれど、このところずっとそうだったしね」

「黒部峡谷ツアーだったよね。私もその時は休みを職場にお願いするよ」

「荷物持ってよね。あと、フクスケのペットホテルも頼んどいてね」

由希子は食器を洗って、風呂の順番が来るまで自室でパソコンを立ち上げていた。横井と練り上げた小説のプロットは眺めたものの、やはり書き出せなかった。

横井から恋愛小説を勧められたものの、由希子は小説に限らず恋愛をテーマとするエンターテインメントに食指が動かないタイプだった。勉強だと思って読んだり見たりはするが、身になったという実感は得られていない。

恋愛。結婚。

それらのことを何とか考えようと試みると、由希子は言葉の通じない異国に迷い込む。

今夜も横井の勧める小説は諦め、由希子はメッセージアプリをチェックした。ふと、父や川崎とのことを家族以外の誰かに相談できたらと思った。なんでも相談できる気の置けない親友がもしいるとするならば、愛美くらいしか思い当たらない。

愛美との個別チャットを見てみると、先だっての投稿は見てくれたようだった。

『その後、お父さんの具合はどうですか?』

『私は元気にやっています。旦那も元気』

『この間、旦那とサッカー観戦に行ってきた』

『旦那のお母さんからいただいた栗で栗ご飯炊いてみた。見て』

いかにもSNSに投稿するように撮影された、茶碗に盛られた栗ご飯の画像があった。

由希子は栗ご飯は好きではない。でも、好きな人が見れば美味しそうだと思うのだろう。

この流れで利夫の病名や余命を詳細に返信するのは、躊躇《ため》らうものがある。

かといって、かつては一緒に盛り上がったオタク関係の話題も、切り出しづらかった。愛美は自身の結婚が近くなったあたりから、漫画やアニメ、同人誌などの話題を遠ざけるようになった。由希子が水を向けても、今あまり時間がなくて、などとかわされた。愛美という名前で、一時期は毎日三十ツイートはしていた二次創作のツイッターアカウントを見てみれば、一年以上沈黙している。

アカウントを消していないのが逆に寂しい。初めから何もない原野よりも、栄えた過去が垣間見える廃墟のほうが無人を感じさせるように。

愛美は確かに、学生時代から気の置けない親友だった。けれども生活スタイルがはっきり分かれた今、彼女とは日一日と疎遠になっているのが現実だった。昔は同じ方向を見て歩いていたはずなのに、今は見ている先がまるで違う。

加えて、愛美の両親は健在だった。披露宴に来ていた彼女の両親は、自分の両親よりも明らかに若かった。死病を得た親と暮らす娘の気持ちが、愛美に分かるだろうか。

由希子は懐かしい愛美のツイートを遡《さかのぼ》って目を通してから、恋愛小説ではなく二次小説を書き始めた。親友という枠では収まりきらない、かといって恋人では決してない、軽やかな清々《すがすが》しさを持ちながら互いに唯一無二と認め合うような関係が、由希子は好きだった。アニメのキャラクター同士をそういった関係に当てはめて、さまざまな短編小説を紡ぐのが、昔から好きだ。

現パロのABもいいな。消防隊員と医者なんてどうだろう。いつも一緒にはいないけれど、何かに追い詰められた時は必ず真っ先に互いを思う。レスキューの最中に何らかのアクシデントに見舞われるアクションサスペンス風のSSを書いてみようか。アクシデントで怪我人も出てしまうけれど、Aの踏ん張りで危機を脱する。医者のBはスマホで応急処置の指示を出したりして。最後はカフェで会話するシーン。

キーを叩く。昔、デビューしたくてたまらなかったころ、物語を紡いでいれば日常の思い煩いを薄くすることができた。今も少しずつ薄まってはいく。オリジナルじゃなくても、キャラクターと世界観を借りた二次創作でも。

利夫のこと、病気、余命、親孝行、結婚、川崎……。

——でも、もう小説は引退したんだろ。引退して何年も経ってるんだろ。

あの言葉も書けば書くほど小さく弱くなっていく。

でも、これでいいのか。逃げているみたいだ。原作ジャンルという境界線がある二次創作は、結局狭い世界だ。狭い世界でエコーチェンバーを起こしながら、互いに賞賛を受け渡しして、ひとときの承認欲求を満たす。これが未来に繋がるならいいけれど、そうではない。じゃあ、どうする、この先。

先を考えるとイライラする。

由希子の指が止まった。

慶子から風呂が空いたと声がかかった。

由希子は書きかけの二次小説を保存し、パソコンをスリープさせた。それから愛美とのチャットに投稿した。

『うちの父のこと、気にしてくれてありがとう』

『うちの父、がんだった。余命宣告もされた』

『前に話したことある川崎さんに話があると言われて会ったら、もう会えない、捨てる形になってごめん（意訳）みたいなことを言われた』

『私はどうやら人の心が分からんみたい。そう言われた。こっちも、もうあらゆる方面で意味分からん。向こうこそ、結構ひどいこと言ったんだけどな』

最も衝撃を受けた言葉については、書けなかった。

6

慶子は利夫のマグカップの中身を見た。朝食後に飲む習慣のミルクをたっぷり入れたコーヒーは、まだ半分以上残っている。それを入れずに、食洗機を回してしまう。

ソファに寝そべる利夫の腹は、ぽっこりと膨れていた。シニアに足を踏み入れて以降、年輪のように脂肪を重ねていく腹。運動をしろと口を酸っぱくした日々もあったが、今は痩せているよりは良いと思う。平和なふくよかさは死から遠いイメージだ。

退院して家に戻った利夫は、それまでとほとんど変わらない生活に戻った。いつもの時間に起床し、朝食を食べて午前を過ごし、昼食後は福祉センターへ車で行って囲碁を打つ。空いた時間に絵葉書を眺める。朝のフクスケの散歩も、由希子に「お父さんがやってもいいぞ」と言っていた。

由希子は今日もバイトに行き、夫婦二人きりの午前だった。大リーグ中継も終盤に差し掛かった。

利夫はテレビ画面から目を逸らし、庭のイチイを眺めた。

「来月は冬囲いだな」

冬支度の話題は、ありふれた憂鬱さを呼び起こす。慶子は溜め息をついた。

「お父さんは腰が痛いでしょ。どうしようかしら。由希子が手伝ってくれたらね」

「男仕事をやらせるのは忍びないんだよなあ。由希子は細いし、力もない」

「でも由希子がこの家で一番若いんだし。今年こそ手伝わせましょうよ。それが嫌なら、家を出るなり結婚するなりすればいいんだから」

庭木の冬囲いから、雪が積もれば雪かきと、雪国の戸建住まいは冬場に労働が増える。これに関して、由希子はあまりタッチしていなかった。慶子が「今年はあんたが責任を持って」「私たちはもう年寄りなんだから」と口を酸っぱくしても、たまに雪かきを手伝うくらいで、主力は利夫だった。

慶子が由希子をそういった労働に引き込もうとするのは、慶子なりの思いやりでもあった。老人が無理をしてそれらの作業をやれば、肩身が狭くなるのは由希子本人なのだ。近所から「娘がいるのに年寄りにやらせている」と呆れられてしまう。何より、いつか親が死んでこの家に一人になったらどうするのか。いなくなってから、自分は何もできないと気づいても遅い。それよりは、少しずつでも作業に触れて覚えさせたい――と、先々を思ってやらせようとしているのだが、由希子はアルバイトの時間がどうだのと、いまだに親に安穏と甘え続けている。

また、実際に作業をやった由希子本人が、そのきつさに音《ね》を上げ、男手の必要性を痛感してほしいという気持ちも、実はあるのだった。家というのはやはり、男と女がいて自然なのだと慶子は思う。どちらか片方だけだったり、たった一人では、不便を感じる何かが必ずある。だからこそ家族を作って助け合う。

こういう価値観は、古いのだろうか。

「フクスケ、お姉ちゃんが結婚するの、どう思う？」

ソファに寝そべり、胸の上にフクスケを抱いて甘えさせながら、利夫は言った。

「四十過ぎた娘にお姉ちゃんはどうかしら。オバさんよ、あの子も」

「まあオバさんだな」

フクスケの耳の後ろや首の辺りを撫でながら、利夫は濁った目を窓の外へ向け、どこかを眺めた。

その目に、慶子ははっとした。

遠いどこかを眺める目。A病院のデイルームでも見た。それから、退院する帰りのタクシーの中でも――。

利夫は決して庭木のイチイを見ているのではない。目に見えないほどのはるか彼方《かなた》を、それもひどく眩しいものを見つめるような目。

その視線が、不意にこちらへと戻った。利夫は短くすり減った前歯を覗かせ、表情を緩ませた。

「まあ、ここまでもらい手がないとは思わんかったな。昔はほら、クリスマスケーキなんて言ったが、四十だと何になるんだ？　お母さんが甘やかし過ぎたんじゃないのか」

「ほらまた。お父さんはいつもそう」

いつもの利夫に戻った。言い返しながら慶子は、胸を撫で下ろしている。あんな目をした利夫は見たくない。

あんな目をされたら、これからのことを何も話せなくなる。

「お母さんの躾が悪いんじゃないかって、もう千回は言われたわ。私は真理子と由希子は同じように育てたつもりよ、私のせいにしないでちょうだい」

「ごめんなちゃーい」

利夫は尻の片方を上げて放屁した。胸の上にいたフクスケが、その音に驚いて床に飛び降りた。

「お母さん、怒っちゃったよ。怖いねえフクスケ」

「まったく、昔からそうなんだから。そうそう、真理子たちが次の連休に来るって。月曜日まで休みだから」

おどけられると、振り上げた拳をどうしても引っこめてしまう慶子である。忌々《いまいま》しいことに、そういう時の利夫はどうにもチャーミングなのだった。

この日も利夫は腰をさすりながら、福祉センターへ囲碁を打ちに行った。


十月六日の日曜日、真理子一家が家にやってきた。孫の咲良と隼人はじいじに会えたことを喜び、かつ、「じいじ大丈夫?」「元気?」「痛くない?」と矢継ぎ早に尋ねた。フクスケは来客にしばらく興奮して吠えた。由希子が暴れる犬に手を焼き、結局抱き上げる。

「じいじ、お腹《なか》が悪いの?」

丸い腹に小さな手を当てて心配顔の孫二人に、利夫は目尻を優しく下げて好々爺《こうこうや》の顔になった。

「咲良ね、ピアノの発表会があるの。十一月の三日。じいじ、来てくれる?」

「僕も出るよ。じいじに来てほしいな」

真理子は子ども二人にピアノを習わせている。文化の日に開かれる発表会には、利夫と慶子が花束を持って聴きに行くのが、例年の恒例行事だった。

孫の誘いに、利夫はこう返した。

「三連休の真ん中か。そうだな。来月なら、行けると思う」

咲良と隼人は歓声を上げて喜んだ。大人たちは揃《そろ》って目を細めた。慶子は取り皿や箸を並べてもてなしの手伝いをする由希子に言った。

「黒部峡谷のツアー、十一月上旬じゃないのにしなくちゃね。いいのがあったらもう予約しといてよ」

「そうだね。祝日前後は料金も高くなるから、ちょうどいいかもね」

真理子一家の訪問は、慶子にとっていつも楽しい時間であった。孫という、自分よりも未来を担《にな》う世代の存在は、老いた人間の心を慰《なぐさ》める。

だからだろうか。孫の顔を見ると、ついつい由希子にも子どもを持ってほしいと思ってしまうのだった。

今はそれに、一年あれば利夫にも抱かせてやれるのではないかという切ない夢が混じり出した。半年なら諦めるが、一年あるのだ。由希子も歳だが、ぎりぎり間に合う。

利夫だって、もう一人孫ができたら嬉しいだろう。由希子も母になる幸せを知ることができる。自分もあと数年なら育児を手伝える。誰も損をしない……。

「由希子も早く、花嫁姿や子どもの顔をお父さんに見せてあげればいいんだけどね」

キッチンで人数分のコーヒーを淹れている由希子を横目に、慶子はそっと真理子だけに話してみた。

「えっ、何言ってるの、お母さん」

ところが真理子からは、驚いたような眼差《まなざ》しを向けられてしまった。意外な展開だった。誰もが賛成することではないのか。慶子は真理子に逆に問う。

「あんただって、川崎さんのこと、知ってるでしょ？　あれ、彼氏なんだと思うわよ」

「そういうことじゃなくて、そもそも由希姉は結婚したいって言ってるの？」

「言ってはいないけど羨ましがってはいるわよ」

ダイレクトに口に出さないだけで、普通の女は結婚したいと願うものだ。

しかし、真理子の賛同は得られなかった。

孫たちの明るい声をよそに、慶子は心臓の内側で無数の小さな羽虫が蠢《うごめ》くような胸騒ぎを覚えた。何度となく浮かび、その歪《いびつ》さゆえに排除してきた疑いが、またも慶子の胸を浸す。

由希子はどうして結婚しないのか。川崎は目眩《めくらま》しなのか。本当に好きな相手は、もしや道を外れた人なのでは。親にも言えないような。

由希子はずっと一人で悩んでいるのか。もしかしたら真相について真理子は聞かされているのか。だから今も賛成しなかった？

今、真理子に訊けば、答えを得られるのか？

慶子は訊けなかった。

真理子一家は夕方に帰っていった。

一家が帰ると、利夫は疲れたのかソファで目をつぶった。夕食は食べなかった。

「お父さん、今日は疲れた?」

夜、風呂から上がった利夫に声をかけた。利夫は湿った頭をタオルで拭きながら、「そうだなあ」と気のない返事をして、腰を気にする仕草を見せた。

「腰が痛えんだよな」

「痛み止めが出ているんじゃないの?」

「どうにも腹が張るしな」

「やだ、お父さんまた便秘?」

「薬が合わねえのかな。言えば替えてくれんのかな」

利夫は自分の丸い腹部に手を当てた。


腰が痛い。

腹が張る。

便秘気味だ。

利夫は普段から口にしていた体の不調を呟きながら、入院前と変わらない生活を送っていた。

「お父さん、黒部峡谷楽しみね」

朝食を取って、フクスケの散歩を終え、ソファでくつろいでいる利夫に慶子が水を向けてみる。

「あ？」

聞こえていなかったようだ。慶子は少し声量を大きくし、もう一度言った。

「由希子にね、黒部峡谷のツアー、探してもらってるからね」

「黒部峡谷ね」利夫は両手を組んで後頭部にやり、ソファに仰向けになった。「黒部峡谷ねぇ」

「何よ。お父さん好きでしょ？」

「あら、どこ？」

「俺はもっと近いところでいいけどな」

「摩周湖」

若いころ、一度だけ二人きりで旅した場所を利夫は口にし、次に悪戯《いたずら》が成功した子どものような笑いを見せた。

「なんてな。俺はお母さんと一緒なら、どこだっていいんだもーん」

「お父さんたら。真面目に考えてよ」

「ごめんなちゃーい」

どこまでもふざける利夫だった。

その利夫は、十月十日、薬を替えてもらいにA病院へ行くと言い、家を出た。

「病院が終わったら、どっかで軽く食べてから、そのまま福祉センターへ行くわ」

「そうなの。分かったわ」

「本当はお母さんのご飯のほうが美味しいんだけどなあ。食べられないの、残念だなあ」

若いころの利夫は、慶子の料理を滅多《めった》に褒めなかった。だが老いてからはたまに美味しいと言ってくれる。ただし、必ず冗談めかす。慶子は笑って利夫を送り出した。

7

三十三歳の奥村翔太《しょうた》は、A病院消化器内科の中では最も若い医師であったが、その能力を低く見るものは誰もいなかった。消化器内科部長の白瀬《しらせ》も、奥村医師を買い、よく指導していた。すべての患者に対して公平であるべきと努めていた奥村医師は、利夫に関しても、担当医としての誠実さは持ちつつ、過剰な同情や寄り添いはしなかった。快癒の見込みがある患者も、死を待つのみの患者も同じ一人の人間であり、今を生きていることに何ら変わりはないのだ。ただ、A病院は急性期病院であったために、利夫のためにやれることは少なかった。そういった意味では、利夫について思いを巡らしたり検討したりする時間も、同じように少なかった。

十日、検査入院から退院した利夫が、ふらりと診察を受けにやってきた。次に来る時はセカンドオピニオンの結果を持ってくる時だと決め込んでいた奥村医師は、内心首を傾げつつ利夫の番号を呼び出した。

利夫が訴えたのは、いつもの腰痛と、腹部の張りについてであった。

「先生、腹が苦しいんだよな」

腹部膨満感の原因を幾つかピックアップしつつ、奥村医師は丸く盛り上がる利夫の腹を見た。利夫の腹部には、内臓脂肪が厚くついている。

だが、奥村は今一つの大きな可能性を考えていた。腹水の貯留である。利夫は膵臓がん患者なのだ。

それでも利夫に腹水の症状が出るのは、もっと先だろうと奥村は考えていた。何しろ、余命一年と告知したのは、つい先日なのである。がん性腹水はがんが腹膜に広がることによって起こる。つまりかなり進行した、もっとはっきり表現すれば末期症状の一つだ。入院当日に行われたエコー検査では、腹水は特筆すべきほど認められていなかった。

皺《しわ》と染みに覆われ、皮下の血管がゴロゴロと浮き上がった老人の右手が、側腹部に当てられていた。

「便は出ていますか?」

「もともとあんまり出ねえんだよな」

「痛みはありますか?」

「腹か?」利夫は首を傾げながら、短くなった前歯の間から息を吸った。「腹っつうか腰は痛えな」

「痛み止めも出していますが、効きませんか?」

「腰はいっつも痛えからな。脊柱管狭窄《せきちゅうかんきょうさく》ってのか? ヘルニアだったか? なんか飛び出てんだよ」

超音波検査をしてみて、奥村は驚いた。明確な腹水の貯留が認められたからである。

いつからこの腹水の量が利夫の腹腔内《ふくくう》を満たしていたのか？　すでに膨満感を訴えるほどの腹水が貯留している膵臓がん患者に、果たして余命一年と見立てるかという自問に、奥村医師は否《いな》と答えた。

一方で奥村医師は自分が間違えたとは思わなかった。当初の検査結果からは、一年が妥当であったというだけだ。それに、極端に多量というわけではなかった。せいぜい二リットルというところだろう。十リットル以上、二十リットル近くに及ぶ患者も中にはいる。

一つ考えられるのは、検査が病状の進行を促した可能性だが、それでも臓器を直接的に刺激する細胞診検査は回避したはずであり、不可解さは残った。

検査結果の説明に改めて日時を指定すると、利夫は頷いた。

十月十一日、訪れた利夫と慶子を前に腹水の事実を話して、処置のための入院を勧めた。

「投薬でコントロールできる場合もあります」

腹水の事実を聞かされて、慶子ははっきりとショックを受けた顔になった。入室時の段階で、何を聞かされるのかと身構えていたが、おそらく奥村医師の説明は慶子の想像より悪かったのだ。人の顔に花が咲いているとしたら、それがあっという間に茶色く枯れた感じだった。

慶子の持つ腹水のイメージが窺い知れた。

片や利夫は、特段変わらぬ、むしろ少々明るい調子で、こんな質問を繰り出してきた。

「つまり、この腹水ってのを入院して治すってことかい？」

利夫のいくばくかの明るさは、腹水という症状を治してもらえるという期待によるのだろうと、奥村医師は理解した。先だっての説明では、治療の術《すべ》はないと言ったのだ。治すというアクションを利夫が求めているのが分かる。

「出て来ている症状をコントロールしましょうということです。上手くコントロールができて苦しいのが軽減されれば、もちろんまた退院もできます」

奥村医師は丁寧を心がけた。余命宣告などでも早くその場を切り上げようとする医師はいるが、奥村医師がそんな怠惰を試みたことは、ただの一度もなかった。

「もともと健康な人のお腹の中にも、数十ミリリットルの腹水はあって、腸が動く時などの助けになっていますが、椎名さんはそれが多く溜まってしまっている状態です。だから苦しいんですよ。体内の水分調整を行うことで、溜まる腹水の量を減らすことができます。利尿剤で余計な水分をおしっことして出してしまいます。また、腹水でお腹が圧迫されると吐き気や便秘が出てきやすくなりますから、今までどおり便秘薬を飲んでください。効きが悪ければ別の薬に替えます。吐き気止めも出しますね」

「先生」慶子が言った。「その水を抜いてはもらえないんですか」

よくある質問である。奥村医師は迷わずに答えた。

「今すぐに抜くことは考えていません」

「どうしてですか」

「腹水は体液なので、中にはタンパク質など必要な栄養も混じっています。抜くと、逆に体が弱ってしまうんですよ」

利夫の状態を総合的に判断した場合、腹水を抜いた場合のデメリットが、メリットを上回ると奥村医師は判断した。

説明が終わり、利夫と慶子は退室した。

ショックを受けた様子の慶子だったが、廊下に出る間際、そっと利夫の背に手をやった。支える仕草だった。そういえば、最初のインフォームドコンセントの際も、同じ仕草をしていたかもしれない。奥村医師は老夫婦が歩んできた年月をその手に見た。

奥村医師も医局に戻った。

十月十三日、利夫は入院した。

*

十三日、再び同じ病室に身を落ち着けた利夫は、担当看護師の庄司に向かってこんなふうにとぼけて見せた。

「お爺《じい》ちゃん出戻っちゃったけど、いびらないでくれるかい?」

「あはは、いびるわけないでしょ」

ここで腹水の処置をすることになるなんて、という内心は、もちろんおくびにも出さなかった。

最初のインフォームドコンセントにも立ち会った担当看護師の庄司は、三十五歳で、A病院に看護師として働き始めて八年目の、院内でも頼れる中堅看護師であった。病院の隣にある職員用マンションに一人で暮らしている。結婚する気がないわけではないのだが、たまたま今まで縁がなかった。

庄司は看護師として、ことさらに明るく前向きに努める必要はないと思っていた。努めるという時点で自分自身に負荷がかかってしまう。庄司は誠実さと事務的な対応を両立させていた。

検査入院の時の利夫の第一印象は、気難しい老人であった。鼻筋が通っていて顔立ちは整った印象だが、顔中に加齢の皺が深く刻まれていて、その濃い陰影が利夫に厳格な雰囲気を与えていた。だが、彼の最初の一言はおどけたものだった。

「こんなお爺ちゃんだけどね、よろしくお願いしますね」

院内スタッフは誰も笑わなかったが、庄司は微笑ましく受け取ったのだった。

入院した利夫の様子はどうだろうかと、庄司は残業ついでに夕食後の病室を見て回った。

利夫は夕食を残していた。

「食欲、あまりないですか?」

問うと、利夫はシナを作って答えた。

「怒っちゃいやん」

真面目で事務的な看護師ならスルーするだろうが、庄司はコミュニケーションを取ろうとして、いわゆる〝滑ってしまう〟患者に好意的だった。精一杯のおふざけに、庄司が笑いで応えると、利夫も嬉しそうな笑顔になった。

庄司はベッドに寄り、「お腹、苦しいですか?」と尋ねた。

「でも看護婦さん、苦しくてもやっぱり食わないと駄目だよな?」利夫はトレイの上に置いた箸を、再び取った。「食わねえと治らねえからな」

「ううん、大丈夫。無理しなくてもいいですよ」

「そうか? でも昔の結核なんてのは、食えなくなったやつから死んでったようなもんだぞ。俺の母親もそうだった」

「そうなんですか」

「娘の由希子もな、あれ全然食わねえから体が弱いんだ。電信柱みたいなんだよ」

庄司は見舞いに訪れていた由希子の姿を思い浮かべ、なるほどとひっそり膝を打った。確かにあれは電信柱だ。それもコンクリート製ではなく、鄙《ひな》びた田舎で見かけるような、木製の古びて黒ずんだものだ。由希子は地黒だった。反面、そうやって父親から電信柱呼ばわりされれば、娘も気分の良いものではないだろうと同情もした。水際だった容姿の持ち主でないことを理由に、貶《けな》していいわけはないのだ。

「ところであんた、石井ゆきっていう物書き、知っているかい?」

初めて聞く名前だった。庄司は読書家ではないものの、年に数度は近くの区民図書館に足を運ぶ。利夫が言った名前は、どの本の背表紙にもなかった気がした。

「いいえ。知らないです」

「何年か前に新聞にエッセイが載ったことがあるんだがな、やっぱり知らんか」

何年か前に一度きりなら、分かるわけがないと思いつつ、庄司は不明を詫《わ》びた。

「ごめんなさい、新聞あまり読まなくて」

「娘のペンネームなんだ」

「えっ、娘さん、作家なんですか」

庄司は驚いた。メディアで目にする作家たちは、やはり知性の煌《きら》めきというか、表舞台に立つものの光を纏《まと》っているものだが、由希子にそういう類のオーラは感じられなかった。

「いや、最近はアルバイトばかりだから止《や》めたのかもしれん。全然売れなかったらしいしな。金にもならない文章書いて、それでいつまでも一人でいるんじゃあ世話ねえよなあ。娘もあんたみたいに手に職つけて働いていたら、今ごろお医者さん捕まえてたりしたのかね」

「あはは、椎名さん。私は捕まえてないですよ」

「あんたも独身かい？」

年配患者からのこの手の質問に、庄司は慣れていた。適当に合わせてかわす術も心得ている。

「ええ。誰かいい人いませんかねえ？　椎名さん、知りませんか？　いたら私に紹介してくださ い」

「あんたに紹介するなら、まずうちの娘に紹介するわ」

「あはは、それもそうですよね」

「あんたも早いとこ結婚して親御さん安心させてやりなよ」

「はーい、そうしますね」

その発言はハラスメントだと目くじら立てる役回りは、日本のどこかにいるだろう別の看護師に任せた。利夫に悪気がないことは、庄司には分かっている。滑ってしまうとはいえ基本的に利夫は、相手を笑わせよう、冗談を言おうとするタイプの患者だった。むっつりとコミュニケーションを遮断《しゃだん》してしまうタイプの患者より、扱いやすい部類である。


ナースステーションの隣には、公衆電話がある。利夫は夜七時を回るころになると、ナースステーションの前を通って電話をかけに行く。残業した時、夜勤シフトの時、庄司は家族相手に話す利夫の声を聞いた。加齢のせいか利夫の声は大きく、少しでもカウンターのガラス戸に隙間《すきま》があれば、声は容易に聞き取れたのだ。

「心配ないからな」

検査入院の時から、利夫は決まって通話先に心配するなと言っていた。相手はおそらく慶子か由希子だと思われたが、十三日はもう一人、別の相手にも電話をしていた。

その人の名を、利夫は「福田さん」と呼んでいた。

＊

福田肇《はじめ》の自宅に利夫から電話がかかってきたのは、十月十三日の午後七時十分ごろだった。

福田の妻がそれを福田に取り次いだ。

「あなた、椎名さんから」

福田はすぐに受話器を取った。福田は利夫の囲碁仲間である。検査入院から退院したばかりのはずだが、どうしたのか。

「ああ、福田さん？　すいません、遅くに」

まだ午後七時を過ぎたばかりだというのに、利夫は遅くにと詫びて、早々に本題を切り出した。

「私ね、またちょっと入院することになりまして。それで連絡をと思って」

「ああ、それはまた」福田は驚きつつも、利夫を気遣った。「そんな、悪かったんですか？」

「まあそうだね。悪いのかもしれないね」

しかし、そう言う利夫の声の調子は記憶のとおりで、弱々しくなった印象はまったくなかった。利夫は今までも囲碁クラブに顔を出せない日は、福田が家を出る前に電話で一報をくれていたのだが、その時となんら変わりはなかった。

「手術でもするんですか？」

退院した利夫は、検査入院の結果を詳しく話さなかった。だがどこにも異常なしのお墨付きをもらったのではなかろうことは、雰囲気で伝わってきた。時間を置かずにまた入院するということは、緊急に治療する必要が生じたのではないか、それは手術なのではないかという連想を、福田はした。

「いや、手術はしないんですよ」

「ああ、そうなんですか」

それでは何だろう、どのような治療をするのかと考えた福田の頭に、真っ先に浮かんだのが抗がん剤治療であった。

福田の周囲にも、がんが見つかったとか、抗がん剤治療を行ったとか知らせてくる知人友人が、何人もいる。治療を終えて退院したものもいれば、そのまま他界するものもいた。がんに限らず、病を得ることが当たり前の年齢になっている交友関係の中、知らせを耳にするたび、福田は明日は我が身と思い、次にまだ当たり前に明日が来ると信じている自分を発見する。

「そんなわけでね、しばらくまた囲碁のほうにも行けませんから。本当、すいません。でも大丈夫です。心配はいりませんからね」

利夫は病名を言わなかった。だから福田も食い下がって尋ねなかった。電話は切れた。


福田が囲碁を始めたのは遅く、四十半ばを過ぎてからであった。当時福田の上についた気難しい部長が碁打ちで、それに付き合わされたのだ。上司は昼休みになると碁盤を出し、福田を向かいに座らせ、置き石も許さずに叩きのめした。毎日のように「おまえは筋が悪い」と鼻を鳴らされ、それでも他に上司に付き合う人間がいなかったため、福田は生贄《いけにえ》にされ続けた。福田にとって上司との囲碁は、ひたすら相手をいい気分にさせるためのツールであり、対局自体を面白いと思うことはまったくなかった。接待みたいなものだった。酒の代わりに囲碁があるだけだ。福田は割り切れた。

ただ上司の太鼓持ちとはいえ、年単位で毎日碁盤に向かうと、そのうちに福田も少しずつ自然と棋力《きりょく》が上がってきた。棋力が上がると上司以外の相手とも打ちたくなり、ネット対局にも手を出した。

ネット対局をしながら、福田は自分の碁の中に気難しい上司の面影を見た。上司が唯一の教師だった福田の囲碁は、そのまま上司の囲碁でもあった。打ちながら福田は、自分も上司のように周囲を不快にしてはいないかと、しばしば自省した。

退職後、福田は区の福祉センター内にある囲碁クラブに通い始めた。利夫とはそこで知り合った。

福田は囲碁が打てるのであれば相手は誰でも構わなかった。利夫が主な対局相手となったのは、棋力と相性だった。驚いたことに、上司からはあれほど筋が悪いとこき下ろされ続けていたのに、囲碁クラブで判断された棋力はアマ三段だった。いいところ初段だと思っていたと利夫に囲碁歴を話すと、ネット対局で向上したのではないかと言われた。また、囲碁クラブの構成員は当然ながら老人ばかりで、みんな打ちぶりが古かった。ネットを介して外国人にも揉まれてきた福田は、自然と研究を重ねた若い棋風となっており、思った以上に勝ちを重ねてしまった。老人の多くは、負けることを望まない。老い先短いということは、リベンジのチャンスも少ないということだ。だから目先の一戦をとにかく勝って、気分よく過ごしたいと思うものである。したがって福田は避けられ、唯一互角以上に打てる利夫が残った。

初めて利夫と対局した時のことは、福田もよく覚えている。

福田は自分の師である上司やネットを介した数々の碁打ち、すべてをかき集めて利夫と相対した。やはり根底となる上司の影が多く見え隠れする打ち筋となった。打ちながら福田は、今、石を盤上に置いているのは自分ではなく、気難しく嫌われていたあの上司ではないかと錯覚しそうになったものである。ぱちりぱちりと盤の交点に置くたびに、福田の黒石は「俺は強いんだ」「おまえなんて相手にならない」「俺は頭がいい」「俺にひれ伏せ」と声高に喋《しゃべ》った。

だが利夫はひれ伏さなかった。福田は黒番に課されたハンディキャップである、六目半のコミを出せずに負けた。ひどくやられたという感じではない。むしろ福田は打ちたいように打った。にもかかわらず、足りなかった。利夫は福田が得意げに振る舞っている横で、堅牢《けんろう》に地を稼ぎ、なおかつそれを削らせなかった。

堅実で正しい、盤上の石のすべてに意味を与えて役目を負わせる、真面目な戦い方だった。負けたと分かった時、福田はいささか爽快な気分になった。利夫は福田のみならず、身勝手だったかつての上司をねじ伏せた。二十年前、弱いものを虐《いじ》めるように昼休みの福田を痛めつけていた上司が、時を経てそこいらの名もなき老人にやられた。敗北したのは自分なのに、仇《かたき》を討ってもらったようだった。

「いやあ、参りました」

福田が清々しく言うと、初めて利夫は得意げに笑った。

「おたくも大した打ち手ですよ」

それがお世辞かどうかはともかくとして、以降二人はセンター内での対局相手となったのである。

利夫の囲碁も老人らしく古かった。最初こそ利夫が勝ったが、その後は少しばかり利夫の星が先行しながらも、二人は勝ったり負けたりした。石も、対局を始めた当初はいつも福田が黒番を持っていたが、福祉センターに通い出して一年ほど経ったころから、勝ったほうが次に白番を持つようになった。

連絡先を交換し合ったのは福田の申し出からだった。ある日利夫が福祉センターに姿を見せなかったことがあった。待ち惚《ぼう》けを食らった福田は、その日碁を打てなかった。相手がいなかったのだ。囲碁クラブでは棋力が合わないと打ってもらえない。「福田さんは強すぎて」と避けられたり、「他に相手がいますんで」と断られたりするのだった。その日の福田は、セルフサービスの番茶を啜《すす》りながら、人の対局を横から眺めているしかなかった。

次に利夫と顔を合わせた時にそれを言うと、実は絵手紙のカルチャースクールに行っていたのだと謝られた。責めたつもりはもちろんなかった福田が逆に恐縮していると、利夫が福祉センターの事務局からメモをもらってきて、自宅の電話番号を書いて渡してきた。福田も同じようにした。利夫は携帯電話を持っていなかった。

カルチャースクールは続かなかったようだが、既製品とはいえ絵葉書を見繕っては、一言二言直筆の文章を添えて送ってくれるようになったのは、その時の罪滅ぼしのつもりなのかもしれない。

そうして利夫と十年近く碁を打ってきた。

Ａ病院や福祉センターは、区内で最も栄えている商業地区にある。利夫からの電話を受けた翌々日の十月十五日、福田は見舞いに行った。見舞いの品選びは、自分だけの目では心許《こころもと》なかったので、妻を連れていった。妻は文句を言ったが、それでもついてきたのは、自分の見立てが信用されていないからだろう。

専門店で見舞い用にバスタオルとフェイスタオルのセットを包んでもらう。地下の食料品売場で買い物をして帰ると言う妻と別れ、福田は紙袋を手にいそいそとＡ病院へ向かった。

近くに住みながら、福田はＡ病院を利用したことがない。持病の糖尿や日常の体の不調は、クリニックでことが足りていた。それだけの大病をしたことが、まだない。Ａ病院は難しい病気の治療、手術をするところという印象を、福田は抱いている。だから、いささか緊張を覚えながら正面入り口の自動ドアを抜けた。

入ってすぐの待合ロビーは、クリニックとは比較にならないほど広かった。閉塞感《へいそくかん》を払拭するためなのか、大きな病院のロビーは吹き抜け構造を採用しているケースが多いが、Ａ病院もその例に漏れない。福田は自分がよく利用するクリニックの建物を、ロビーの中に入れてみた。二階建ての建物そのものが、このロビーにすっぽりと入り込みそうだった。

紹介状がないと特別負担が上乗せされる大病院にもかかわらず、ロビーは混み合っていた。みんな普通の顔で日常を送っているが、実際はこんなにも高度医療を必要としている人々がいるのだと、福田は改めて思い知る。いずれ自分も、ここの初診受付に紹介状を出す日がやってくるのか。できることなら長患いはせず、ピンピンコロリといきたいものだと思う。それは、ほとんどの老人に共通する願いだろう、おそらくはここの病人たちも同じだ。福田はすれ違う患者の顔を見やりながら、まださしたる不自由もなく毎日を送れている自らの健康に感謝した。

院内案内図で利夫が入院している消化器内科を探す。エレベーターホールは廊下を道なりに行くとあった。福田はエレベーターホールの手前にある院内のローソンを物珍しく眺めた。

四階の消化器内科病棟は、診察を待つ一般の患者がいないぶん、ひっそりとしているように福田には思われた。病棟内は明るかった。ありえないことだが、外の日光が壁や天井を透過して入り込んでいるようだった。

ナースステーションで手続きを済ませて、教えられた病室へ行く。入り口すぐのベッドだと聞かされていた福田は、視線を無駄にうろつかせることなく、すぐに利夫を見つけた。利夫はベッドをリクライニングさせているのか、やや上体を起こした姿勢で、絵葉書のカタログに目を通していた。

「あら、来てくれたのかい」

顔色は普段と変わりなかった。特に痩せたという印象も持たなかった。利夫に重篤《じゅうとく》な病の影は見えなかった。少なくとも福田には読み取れなかった。

同室の五人はそれぞれのベッドで寝ていた。奥の一人はカーテンを引いてしまっている。あまり具合は良くなさそうだと横目で眺め、福田は「これ、つまらないものですけどお見舞いです」

と紙袋から見舞いの品を出した。利夫は遠慮せずにそれを受け取り、ベッドを降りた。

福田は利夫とデイルームまで歩いた。入院患者を歩かせてしまうのは、いささか気が引けたが、利夫は歩くのを苦にしていない様子だった。

「いや、今家内がいないもんだから。午前に来てたんだけど、帰ったんだ」

デイルームのテーブルについた利夫は、留守宅にアポイントなしで訪ねてこられたかのようなことを言って、福田の前にサーバーから汲んだ冷たい水を出した。

「こんなのしかないけど。わざわざ来てもらったのにすいませんね」

「こっちもいきなりすいません」福田も合わせるように詫びて、訊いた。「調子、良くないんですか?」

「腹が張って腰が痛いんだ。でも、薬を出してもらってるから、そのうち良くなるんじゃないかね」

利夫はやはり病名を言わなかった。福田はここでも深追いをしなかった。

「電話して逆に悪かったね。気を遣わせてしまったかい。でも福田さんには言っておかないとならんでしょ。これがあるから」

利夫は人差し指と中指で碁石を空に打つ真似をした。

「福田さんの相手、早く見つかるといいね」

「いや、椎名さんと打つのが一番面白いから、早く良くなってもらわないと困りますよ」

これは世辞ではなかった。福田は利夫相手の囲碁が一番好きで楽しかった。古めかしい打ち筋だが、堅実な手を繰り出す利夫は、福田の悪手を見逃さず必ず咎《とが》める。そうされると対局の流れは福田の負けに傾《かたむ》いていくのだが、それでも嬉しくなった。自分の思い上がりや、相手を舐《な》めたような——これは上司の特徴でもあったが——そういった手筋がやり込められるのは、天網恢恢《てんもうかいかい》疎《そ》にして漏らさずというか、傲岸不遜《ごうがんふそん》な態度は許されないというか、とにかく世の中はそうそう悪くないと思わされる。正義は勝つし、正しいものは整然と正しい。そこを好んだのだった。

「そうか」

利夫は気を良くしたように笑い、じっと窓の外を眺めた。

それから取り留めのない話をしばらくした。福田は利夫とは囲碁だけの繋がりだった。他の話題で盛り上がることはなく、今までもどうでもいいような話題でしか会話をしてこなかった。だからこそ、気楽に囲碁ができるのかもしれなかった。囲碁以外で深く関わりを持たないからこそ、毎日のように福祉センターに通っても負担にならないのだ。

窓を開けたら風に乗って流れていってしまうような重みのなさが、福田と利夫の会話だった。

「そういえば」それでも、利夫が好む話題は幾つかある。「お孫さんは今度何年生になるんでした?」

「四月から四年生と六年生だったかな」

孫の話をする時の利夫は、いつだって穏やかな雰囲気を醸《かも》し出す。今もそうだった。気持ちはよく分かった。盆暮れくらいにしか会えないが、福田も孫は可愛い。目に入れても痛くない。

「文化の日だったか、ピアノの発表会があると言っていた」

「そりゃあ、楽しみだ。早く退院しなきゃ。そうそう、お嬢さんの名前、いつだったかな、新聞で見ましたよ」

小説を書いているという娘の由希子の話題も、利夫の機嫌を良くさせるものの一つであったはずだと、福田は世間話の体《てい》で口にした。嘘をついているのではない。だいぶ前に新聞下部の小さな広告、いわゆるサンヤツで見たことがあるのは事実だった。地元紙を購読している利夫とは違い、福田は全国紙を取っているので、ある程度誤魔化《ごまか》せる。いつかをぼかすのは、福田も逃げ場のない嘘をつきたくないからだ。ここ二、三年は、話に出そうにもまるでネタがない。

「出ていたのか。俺は見てないが」

「何だったかな、読売の一面の下に」

「最近は何も書いていないはずだがな。アルバイターっていうのか。そればっかりだ。あれ、書けなくなったんでないかな」

「そうなんですか。難しい仕事なんですかね。見たのは少し前だったから」

「才能がないんだよ。売れなくたって書かずにはいられないという気概も、あれにはないしな。人間、普通の幸せでいいのになあ」

娘の話題で利夫の気分を良くさせ、元気づけるという福田のたくらみは空振《からぶ》りに終わった。利夫は乾燥した唇を曲げながら続けた。

「娘の仕事のことは、よく分からんのよ。何にも話さんから。まあこっちは、さっさと結婚してもらったほうがいいんだが。親が死んだ後、女一人ってのは、侘《わび》しいもんだからな。あれだ、福田さん。もう四十のオバちゃんだけど、どっかにいい人いないかい？」

娘の結婚相手に誰かいないか、というニュアンスの言葉は、今までも何度か聞いた。季節が変わるくらいのタイミングで届く利夫からの絵葉書でも、文字として読むことがあった。もちろん本気で福田からの紹介を求めてなどいないだろう。ただ、父親として心配なだけなのだ。

体調を崩しているからかもしれないとも思った。元気なうちに花嫁姿を見たいと願ってしまうのは、自然な親心だ。

「オバちゃんって言うけど、娘さんだって実は恋人がいるのかもしれない。今の人は器用に隠すから」

「そうかね。男がいれば親がショックを受けるとでも思ってんのかな。こちとら大歓迎なのにな。親の心、子知らずってやつかね」

「ある日突然、お父さん、お嬢さんを俺にくださいって男が家に来るかもしれませんよ？」

「そうあってほしいねえ。こっちはほら、片足棺桶《かんおけ》に突っ込んでんだからさ」

冗談めかす、利夫のいつもの口調だ。福田は笑い飛ばした。利夫はこのようにたびたびくだらない冗談を口にすることがある。

冗談は元気の証明だと福田は思った。本当に辛《つら》かったら、冗談も出ないだろう。とはいえ、あまり長居をしても利夫の体に障《さわ》ると、福田は椅子を立った。

「退院が決まったら教えてください。また福祉センターで一局打ちましょう」

福田は挨拶をしてデイルームを後にした。

明るい別れだった。

8

利夫の腹水は、慶子にとって青天《せいてん》の霹靂《へきれき》だった。

いつか病気が進行して入院する日が来るとしても、それはもっと先のはずだった。それまではゆっくり体を休め、黒部峡谷へ旅をし、最後の思い出を作る。セカンドオピニオンも済ませ、病気とどう向き合うか方針を整える。利夫の誕生日を祝い、クリスマスやお正月をみんなで過ごし、その日へ向けて心の準備を終える。

今度入院する時は、死が間近に迫った時だろう——つまり、間近に迫るまでは家にいられると、慶子は思い込んでいたのだ。

十月十一日、家族説明室で腹水という単語を聞き、慶子は激しく動揺した。そのため、奥村医師の説明が一部聞こえなかったほどだ。がんを告知された最初のインフォームドコンセントよりも、訳が分からなかった。

この人はいつまで生きるのか。

説明を聞き終わり、退室する時、利夫の背に手を伸べて支えたのは、ほとんど意地みたいなものだった。慶子の意地は、ある意味利夫に育てられた。かつては女性、妻の立場を軽んじる言動を厭《いと》わなかった利夫に、次は平手が飛んでくるかもしれないとびくつきながらも、慶子は屈さなかった。

女は軽んじられるほど弱くない。だから、病の夫の背をこうして支えるのも、抵抗なのだ。

利夫の背は、むっちりと脂肪がついていて、温かかった。

「お父さん、今晩は何が食べたい?」

慶子は尋ねた。

利夫はいつもの調子で、

「最後の晩餐《ばんさん》だもんな」

と笑った。

「お父さんったら。きっとすぐ帰ってこられるわよ」

「お母さんが作る料理なら、何でもいい」

「分かった」

タクシーに乗り込み、家に戻る間、慶子は自分が聞き取れなかった部分は何を言っていたのか考えあぐねた。利夫に訊けばいいのかもしれなかったが、訊けなかった。

だから、入院する利夫に付き添って病院を訪れた時、慶子は帰りにナースステーションに声をかけたのだった。ちょうど庄司が応対してくれた。

「奥村先生に確認したいことがあるんです。昨日の説明で一部聞き取れないところがあって」

「ご主人と一緒に聞きますか?」

「いえ、私だけで」

奥村医師は診療中だった。慶子は午後まで時間を潰して待った。

一時過ぎ、家族説明室で慶子は単刀直入に尋ねた。

「先生、主人の余命はどうなんでしょう」

腹水が溜まっていても一年なのか？　慶子は違う気がした。

「腹水の説明の後、ちょっと聞こえなくて。その時説明があったのかもしれないと思って」

奥村は慶子の気持ちを受け止めるように、頷いてみせた。

「そうですよね、気になりますよね」

「なんておっしゃられたんですか？」

「それは特に申し上げなかったです」奥村は優しく説明をした。「余命というのはあくまで見立てなのです。この状態の患者さんがいたら、平均的にはこうだというだけの話なんです。だから、結構外れます。実際のところ、椎名さんがあとどれだけ生きられるかというのは、実際その時になってみなければ、分からないものです」

「でも、腹水が溜まっているなら、前の一年とは違うんじゃないですか」

「確かにそうです」

慶子は覚悟を持って尋ねた。

「先生の今の見立てを教えてください」

「半年程度だろうかと思いました」

半減した。覚悟していたし、やはりと納得もしたが、理性とはまた別のところで、慶子はショックを受けた。別のところだから、落ち着こうと意識しても効果がなかった。コントロールできない波紋が、慶子の裡に広がった。

思わず口を押さえた慶子に、奥村医師は淡々と諭《さと》した。

「余命を知りたいのは、その日までにしたい何かがあるからだと思います。ぜひ、なさってください。行きたいところに行ったり、見たいものを見たり、読みたい本を読んだり、会いたい人に会ったりということをです。どうか後悔のないように過ごしてください。僕たちもできるだけ協力しますから」

まずは退院を目指して、腹水のコントロールを頑張りましょうと言って、奥村医師は話を締めた。

「苦労かけるな」

慶子がそう利夫に言われたのは、十月十五日のことだった。

雨が降っていた。デイルームの窓ガラスは濡れて滴《しずく》が伝い落ち、中はがらんとしていて、他に利用者はいなかった。

「ここに通うのも大変だべ」

公共交通機関を使ってA病院へ行くには、バス以外の選択肢はない。車を使えれば便利だが、慶子は妊娠を機に免許を失効してしまい、頼みの由希子はペーパードライバーで、運転を嫌がる。

そんな由希子に、利夫は自ら助手席に乗り込み、「乗らないと上手くならない」と半ば無理矢理ハンドルを握らせた時期もあるのだが、結局ものにはならなかった。

利夫は皺と染みで覆われた手をテーブルの上に乗せていた。その手首には、一度は外れたリストバンドが巻かれている。

「この近くに大きなスーパーがあるから。買い物ついでだと思えば、手間じゃないわ」

「買い物くらい、由希子が運転できればな」

週末、食料や日用品の買い出しに郊外型スーパーに車を出すのは、利夫の役目だった。

「由希子は臆病なのよ、何事にも」

「俺が頼んだエンジンはかけているのか?」

「ええ、それはね。前と同じくやってる」

車については、今朝方慶子も、由希子に向かって一言かけた。

――やっぱりねえ。一家に一人は運転できる人がいなきゃ不便だわ。今、お父さんは病院だし。あんたはどうしても運転する気ないの?

軽く冗談めかす口調は忘れず、けれども慶子は本心を匂《にお》わせた。

――運転できるお婿さんがいたらね。

川崎は昔、何度か由希子を車で家まで送り届けてくれたことがある。

今までも似たようなやりとりは何度もしてきた。慶子は由希子の口から結婚への焦りや羨望《せんぼう》の言葉が出るのを待った。

由希子は何も言わず、死んだ魚のような目でアルバイトに行ってしまった。

「どうした？　由希子に何かあったのか？」

知らぬうちに難しい顔になってしまっていたようだ。慶子は取り繕った。

「由希子はいつまで経っても子どもだって考えてたの」

利夫の余命の見立てが、一年ではなく半年になってしまったことを、慶子はまだ誰にも言っていなかった。当然、利夫本人にもだ。とても言えることではない。

「見かけはあれもオバさんになっちゃったがなあ」

「お父さんたら」

利夫は自分の行く末のことをどう思っているのか。腹水と聞いて余命のことを気にしなかったのか。気にするようなそぶりはなかったように思うが――慶子は軽く前歯を下唇に当てるようにして噛《か》んだ――利夫はインターネットを使わず、囲碁に関する本以外は読まない。健康番組も見ない。病気に関する情報は、もともと多くはなかっただろう。腹水をそれほど悪いものとは思っていないのかもしれない。

ならば、なおのこと、訂正しなければいけないのかもしれない。後悔のないように過ごすためのプランニングを、利夫自身も立てているのかもしれない。それが一年がかりだとしたら、無駄になってしまうから。

「ねえ、お父さん。次に退院できたらしたいことを教えておいてね」

「旅行か？」

「それはもちろんだけれど、他にもあれば。何でも言って。あ、もしかしてモスバーガー？」

昔、ひょんなことから、利夫がモスバーガーが好きだと家族に知れた。あの日から約二十年の歳月が過ぎたが、利夫は歳を取ってもモスバーガーを好み続けた。

だが、利夫は腹をさすりながら、気だるそうに笑って言った。

「俺は、お母さんのご飯が食べたいなあ」

帰宅の途で、湿った匂いがこもるバスに揺られながら、慶子は利夫と出会った二十代のころを思い出していた。

当時慶子が勤めていた役所に、利夫が仕事で訪れたのが出会いだった。

若い時分の利夫は、実はなかなかの男前だった。二人の娘に馴《な》れ初《そ》めを話したことはないが、先に惚《ほ》れたのは慶子のほうだった。慶子が話しかけ、最初の距離を詰めた。慶子が好意を見せたから、利夫も食事に誘ってくれるなどし、付き合いが始まった。

今よりは、見合い結婚もまだ多かった時代に、二人は恋愛結婚だった。

結婚してしまえば、前時代的な男尊女卑の考え方に辟易《へきえき》することも多々あったものの、それでも利夫に恋をした若い自分を、眩しく思う慶子である。

だからこそ、娘や孫には恋をしてほしい。

自分と利夫にもかけがえのない思い出がある。二人だけで車に乗って道東を旅した一週間。素晴らしく晴れた摩周湖。あのころ二人にはまだ子どもがいなかった。籍は入れていたが、恋人同士の延長線上にいた――。

折しも、バスの中には帰宅途中の高校生と思《おぼ》しき制服姿が数名立っていた。その中の二人が、男女の組み合わせだった。彼らは互いのスマホを見せ合いながら、仲良さそうに話をしている。ただの友達というには、吊り革に摑《つか》まって立つ二人の体の距離が近いように思える。

交際しているのだろうなと、慶子は微笑ましく見守った。

人生において最も彩りを与えるものは、恋愛に他ならないと慶子は信じている。恋愛がない人生なんて、片翼をもがれた鳥に等しい。死ぬまで砂しか口にできないような味気ない生など、誰が望むだろうか。夜《よ》も日《ひ》もなく誰かのことを考えてしまう一途さを、自分の中に発見してほしい。誰かを一途に想う切なさの味を知ってほしい。恋する相手のためなら人はこんなにも優しくなれるのかと、驚いてほしい。人は愛した人のためならどんなことでも許せてしまう。本当の恋愛を知る人間は、究極の寛容も知るのだ。だから、誰かを恋しく思う気持ちはその人の世界を広げ、成長させ、得難い知見を与える。

そして、恋を実らせて誰かと結ばれてほしい。結婚してほしい。

ふと、慶子の胸に温かいものが生まれた。何だろうとその温《ぬく》もりに触れて考え、感謝だろうかと思い至る。利夫への感謝。

不幸な結婚生活であれば、娘や孫にはそんな苦労をさせたくないと思うかもしれない。そうではなく、彼らも結婚してほしいと願うのは、利夫との暮らしを肯定しているからなのだ。

そう思うと、得意げに笑う利夫の顔が浮かんだ。

慶子は腹を固めた。

由希子に余命のことを話そう。

家に帰ると、由希子はフクスケの散歩を終え、夕食の支度に取り掛かっていた。

「ありがとう、作ってくれているのね」

白菜を刻んでいる。長ねぎ、豆腐、椎茸《しいたけ》。鍋物のようだ。

「いつでも主婦になれるわね」

鍋物一つでお世辞もいいところだが、おだてるために慶子は付け加えた。由希子は振り向かなかった。

二人で鍋をつつく。真理子がまだ家にいたころから使っている土鍋の中身は、なかなか減らなかった。

「明日、温め直してうどんを入れよう」

そう言い、由希子は鍋に蓋《ふた》をした。

「由希子。ちょっといい?」

話を聞く顔になった由希子に、慶子は告げた。

「お父さんね、一年じゃなくて半年になっちゃった」

由希子は驚いた顔をしなかった。ただしばらく口をつぐんでいた。

やがて、

「そう」

短い失望の呟きを漏らした。

「腹水が溜まり始めてるっていうことだったもんね」

由希子は鍋を持って席を立ち、火が消えたコンロに置くと、一転、明るめの声でこう言った。

「でもその腹水もコントロールしてもらえるんでしょ？　今より状態がよくなったら、半年以上生きられるよ。そのうちにまた一時退院できたら、今度こそ旅行に行こう。黒部峡谷の紅葉シーズンは終わっちゃってるかもしれないけれど……」

「由希子は結婚する気ないの？」

空元気を出しているような由希子の言葉を遮り、慶子は言った。

「お父さん、黒部峡谷よりも、あんたの花嫁姿のほうが見たいのよ」

言ってしまった。もう腹の中には戻せない。

由希子が台所で立ち竦んだ。

今まで、日常的な会話の中で、何度となく由希子に結婚を促す言葉をかけてきた。冗談めかして、あるいは軽く叱責するような感じでだ。だが慶子は、その時とは意図して口調を変えた。もう何も誤魔化さないし、誤魔化しも許さない、抜き身の刀のような口調に。

慶子は高い位置にある娘の顔を見上げて、さらに訴えた。

「あんたにもその気があるなら、もう迷っていないで結婚してほしい。それがあんたにできる、最高の親孝行なのよ」

息詰まるような沈黙がダイニングに蓋をした。慶子は由希子を見つめ続けた。

由希子は答えず、やがて踵《きびす》を返して出ていった。

出ていく横顔は、どことなく途方に暮れているようだった。

その夜、由希子が自室から出てきたのは、利夫の電話があった時だけだった。利夫はいつものとおり「心配するな」と繰り返した。由希子に受話器を渡した慶子は、由希子が先ほどの会話を利夫に報告するのか、耳をそばだてた。当然だが由希子はそんなことなど口にせず、四十女にしては呆れるほどの明るい声で、「元気そうだ」「心配していない」と、検査入院時にも散々やった応答を繰り返した。

9

――お父さん、黒部峡谷よりも、あんたの花嫁姿のほうが見たいのよ。

――もう迷っていないで結婚してほしい。それがあんたにできる、最高の親孝行なのよ。

ああまで言われなくとも、母の気持ちには気づいていた。由希子自身も母の言っていることは正しいと思う。自分が結婚して身を固めた姿を見せたら、父の心残りは確実に一つなくなる。

利夫との通話を終えた由希子は、自室のデスクに座り、漫然とパソコンを立ち上げ、しかしそれで何をするでもなく、夕食の終わりに慶子が放った忠告について思いを巡らせていた。

母の気持ちに気づいていたとはいえ、由希子の心中は穏やかではなかった。慶子の言葉は、もう逃げは許さないという宣言だった。

いつのころからか、ことあるごとに「結婚しろ」とせっつかれるようになっていた。決して愉快とは言えない話題だったが、両親は首根っこを捕まえて結婚しろと迫ることも、しないでいる理由を吐かせることもなかった。

しかし、その絶妙な均衡《きんこう》は先ほど終了したのだ。

由希子は慶子の言葉を頭の中で反芻《はんすう》しながら、メールをチェックした。着信はなかった。

スマホのほうに通知が来た。

愛美が個別チャットに投稿したのだった。由希子はすぐさまそれを読んだ。

『久しぶり。元気ですか？　お父さんはその後どうですか？』

『正直、コメントが難しくてどうしようか考えてた』

愛美は今、打ち込みながら投稿しているようだ。由希子は慌てて詫びた。

『ごめん。父親の病気のこととか、重かったね』

少し待つと、愛美がそれに応えた。

『私の親は元気だから、由希子の辛さの全部を理解はできないと思う。ごめんね』

由希子もすぐ返す。

『愛美が謝ることじゃないよ』

リアルタイムでやりとりをするのは、ひどく久しぶりだった。

『由希子も看病や介護で大変なの？　お母さんは大変だと思うけど』

『父はまた入院したけど、そういった苦労はまだあまりない。私も普通に働きに行ってる』

『働きにって、データ入力の？』

『職場では今、サブリーダーなんだよね』

『そうなんだ。バイト頑張ってるんだね、由希子は』

簡単なやりとりなのに、由希子は愛美の文面に奇妙な冷たさを感じた。一線引かれているような感じ。

膵臓がんで余命一年、しかもその余命も二週間足らずで半年に削減されたと書き込めば、少しはこちらの胸騒ぎを分かってもらえるのか？　由希子は文章を打ちかけ、キャンセルする。愛美に分かってほしいのか？　何のために？　慰めてもらうため？　いや、そうではない。

ただ、苦しいのだ。検査入院すると父が宣言したあの夕食時から、ずっと胸の奥の海が時化《しけ》ていて凪《なぎ》にならない。その時化が言う。

おまえは孤独だ、ひとりぼっちになるのだ、親不孝をするのだ、おまえは駄目な人間だと。

『答えたくなかったら、スルーしてね』

そんな前置きをして、愛美が訊いてきた。

『余命宣告されたってあったけど、もうあまり長くはない感じなの？』

由希子はどきりとした。伝えようか迷い、結局止めたポイントだ。

自分が愛美の立場なら、こういうことは気を回してしまってきっと訊けない。だが、愛美はどうしてか切り込んできた。

由希子は事実を教えることにした。

『実は、見立てではあと半年らしい。それも最初の説明では一年だったのに、すぐ半年に訂正された』

『誤診ってこと？』

『いや、そうではないんだけど、状態があまり良くないっぽい』

腹水のワードは出せなかった。

『そう。とりあえず、由希子のお父さんが少しでも良くなるのを祈ってます』

何の変哲もないその一文にも、由希子はまた冷たく引かれた一線を感じた。

どうしてか。やはり親が健在のうちは、共感できないのか。

『愛美はいいね。親がまだ元気なのは正直羨《うらや》ましい』

それは繕わない一言だった。由希子は本心から、親がもっと若ければこの問題も先送りだったのに、と思ったのだった。利夫と慶子は、決して早い結婚ではなかったから。

愛美が投稿した。

『ごめん、お父さんが病気になるのって、そんなにショック？』

由希子は目を疑った。愛美は連投した。

『もう八十歳とかだよね、由希子のお父さん』

『八十歳の親が病気になるのも、もっと言えば死んでしまうのも、言いづらいけど普通だよね』

『由希子にとってはすごくショックなのかもしれないけれど、もし今私が同じ立場になっても、そんなには、って感じあるんだよね、正直なところ』

相槌《あいづち》も打てず、由希子はチャット画面に増殖していく愛美の吹き出しを眺める。

『親の病気や死がショックで悲しいの、やっぱり、由希子がいまだに独身で実家にいるからじゃない？』

『私は、結婚して家を出ているからか、親との情は、適切に薄まっている感じがする。適切に、というのが重要ね』

『要はね、価値観がアップデートするんだよね。親子関係を含めて』

何がきっかけだったのか、堰《せき》を切ったように連なりだした愛美の投稿は、それだけ由希子に向けて溜め込んでいた言葉があったことを示していた。愛美はきっと、ずっと苛立っていた。学生時代から変わらぬ幼い友人に、一言言ってやりたくてたまらなかった。その一言が二言になり、三言になり、でも言いたくても言えないという葛藤《かっとう》が、冷たい境界線となり、結果疎遠となっていたのだ。

愛美の投稿はまだ続く。

『結婚って、大事なものが明確に変わるイベントなんだよね。私も今は親よりも旦那が大事だし。子どもが産まれたら、もっと今の家庭に比重を置くと思う』

『旦那の家族もいるし、人間関係が広がるから、そういう意味でも両親だけに拘《こだわ》っていられなくなる』

『薄情になるんじゃないんだよね。人間関係が進化するの。大人になるというか、一人前というか。結婚して初めて一人前っていうの、あれ、正鵠《せいこく》を射《い》てるよ』

由希子はなんとか一文割り込ませた。

『話してくれてありがとう』

愛美はそれでも矛を収めなかった。

『うん。由希子にとっては耳が痛いと思うけど、でも由希子のためを思って今日は言うね？』

愛美はきっと本気で私のことを思って忠言してくれているのだろう――由希子はぼんやり思う。

旧友の投稿は、スマホ画面に一つ、また一つと増えていく。

『普通、自分の親が死ぬ年頃にもなれば、結婚して新しい家庭を持ってるんだよね。だから人間関係も次の段階になってて価値観のアップデートも済ませてる』

『親が病気になって死ぬのは確かに悲しいことだけど、普通は結婚して新しい家庭を持ってるから、不必要に重い悲しみを背負わなくてもいい。結婚ってメンタル面でも理に適《かな》ったシステムなわけ。言ってること、分かるかな』

『ていうか、川崎さんとはどうして結婚しないの？』

『由希子がめちゃくちゃ稼いでて綺麗《きれい》でスタイルが良くてチャーミングでどこからどう見ても飛び抜けていたら、そういう生活スタイルも本人の選択なんだなって思えるけれど、そうじゃない人が彼氏や結婚に興味ないって言っても、陰で嗤《わら》われるだけなんだよね』

『由希子だって本当は彼氏欲しいでしょ？　推しみたいな三次元がいたら、付き合ってデートしてセックスもして楽しみたいでしょ？　私もそうだったから分かるけど、要は酸っぱい葡萄《ぶどう》なんだよ。欲しがってもゲットできないから、いらないってフリしちゃうあれ』

『でもさ、夏休みとかクリスマスとかに一人だったり親と一緒だったりって、やっぱ惨めで寂しいって思うよね？　人前で仲良さそうにしてる恋人同士見たら、嫉妬《しっと》したりムカついたりするよね』

『それ、本当は自分もそうしたいから』

『二次創作も一生の趣味とか言ってたこともあるけど、普通に中年になっても自分の子どもの歳の仲間とまじってやってるの、痛いと思う。やってもいいけど、せめてリアルの恋愛や結婚も同時進行させるのが普通。マジで二次元のキャラに夢中になるとか、二次元同士で絡ませて妄想して楽しむの、ヤバくない？』

『由希子の二次小説、例の受賞作もだけど、いまいち恋愛感なくてつまんなかったのって、リアルの経験が少ないからじゃないかなあ。ラブよりバディやブロマンスがいいって人もいるとはいえ、全体から見れば少数でしょ。腐女子なら腐女子と胸張って真っ向からBL書けばいいのに、肝心の部分には踏み込まない。なんかそういうのって、味のしないガム嚙まされてるみたいな気分になるんだよね。合同誌作ってた時から思ってた。言わなかったけど』

『まさか本当に彼氏いない歴年齢じゃないよね？　え、ヤバい、怖い怖い。違うよね？』

『私、川崎さんと結婚すればいいのにって思ってた。もう会えないって言われた流れまでは分かんないけど、縋《すが》ってみたら？　そういうの待ってるのかもよ』

『たまには男に花を持たせなよ。好きって態度ちゃんと取ったら、向こうのプライドも満足して仲直りできるかも』

『由希子も川崎さんと付き合ったら、お父さんのことの辛さも紛れると思うし！　そうなってたら、お父さんのことも、もっと普通に受け止められるはず』

そこでようやく、怒濤《どとう》のような書き込みはいったん止まったようだった。時計を見れば、チャットを始めて一時間以上経っていた。

『いっぱい話してくれてありがとう』

由希子はやっとの思いでそれを投稿し、『感謝』のスタンプも送った。既読はすぐについたが、それだけだった。

愛美は言いたいことを全部言い終えたのだろうか。そうでなくても、彼女はしばらくチャットに投稿しないような気がする。

——え、ヤバい、怖い怖い。

川崎とはそういう付き合いではなかった。

ならば私は、ヤバくて怖い人間だったのだ。

由希子はチャットルームをログアウトした。

長い愛美とのやりとりの間に、パソコンのメールアカウントが一通のメールを受信していた。プレビューする。編集の横井からだった。

由希子は読まずに画面を閉じてしまった。なぜ今。何の用事で。小説の催促などでは絶対にない。それではなんだ？

考えられるのは、異動か何かの知らせだ。

もう、あなたの面倒は見ていられない。プロットの件もなかったことに、という別れの挨拶だ。

だから、咄嗟に閉じた。

今夜はこれ以上、誰の言葉も受けたくない。

だが――。

由希子は結局メールを開いた。今日はそういう日だと腹を括《くく》った。耳の痛いことを言われる日。嫌な事実を直視しなければならない日。自分でも触れられたくないところ、見ないふりをしているところにスポットが当たる日。

『石井ゆき様
大変ご無沙汰致しております。

その後、小説の進捗《しんちょく》はいかがでしょうか。

さて、以前いただいていたメールのご質問ですが、ずいぶん長くお答えしていなくてすみません……』

横井からのメールを、由希子は読み終わった。

「なるほど」

そして、一人の部屋で呟いた。

メールには、なぜ横井がデビュー作とはまるで異なる恋愛小説を書くよう勧めてきたのか、彼女の考えが端的に書かれていた。

由希子は横井の答えに納得した。
敗北感と屈辱《くつじょく》、悲しみの入り交じる納得だった。

10

朝、アルバイトに出勤していった由希子の顔には黒々としたクマがあった。昨夜は眠れなかったと、ああも声高に語る顔もなかなかない。

利夫の余命が半年に減ったことが、ショックだったのか。それとも結婚のことを真剣に考えてくれたのか。慶子は由希子の手を見た。手の疲労を匂わせるストレッチはしていなかった。

由希子はフクスケにもろくに声をかけぬまま、化粧でクマを隠す努力も放棄し、どことなく不貞腐《ふてくさ》れたようなみすぼらしい中年女の顔で、家を出た。

真理子なら、自分の粗《あら》を隠す化粧をして、いつもよりも明るい色の服を身につけて出ていくだろう。慶子は時々、家に残っているのが真理子であればと思うことがある。そう思える娘だからこそ、当たり前に結婚して家を出たのだろうが。

昨夜、真理子にも利夫の状態について伝えた。仕事の後で疲れていただろうに、真理子は情報を落ち着いて受け止め、「お母さんも心配だ」「無理をしないでほしい」「私もできる限りフォローする」と言ってくれた。

だから慶子も、つい真理子に甘えてしまった。

――あんたからも由希子にそれとなく身を固めるよう言ってみてくれない？

だが、真理子はそれにだけは「うん」と言わなかった。

――お母さん、それは違うと思うよ。由希姉の気持ちは考えた？

微妙な空気を残して、昨夜の真理子との通話は終わってしまった。だから慶子も少し寝不足ではあった。

化粧台を覗き込むと、慶子にもクマはあった。それにファンデーションを叩き込み、身なりを整える。どんなに体が重かろうが、病院にいる利夫を一人にはできない。

午前九時半に病室を覗くと、利夫はいつものようにベッドを出て、一緒にデイルームへと歩いた。

「お母さん、今日も悪いなあ」

「悪くないわよ、別に」

デイルームで向き合った夫の顔色は普段と同じだった。顔色は悪くはないのだ。自分よりも血色が良いとすら思えた。この顔の人間が半年後に死ぬなどと、慶子は信じられなかった。デイルームまで歩く足取りもしっかりしていた。ただ、少しゆっくりではあった。利夫は手を腰に当てた。思い返せば、検査入院前からこの仕草をよく目にした。

デイルームを利用する時、利夫はいつも窓を向く側に座る。この日もそうだった。呼吸は浅く、いささか苦しそうに見えた。

「お腹の調子が良くないの？」

「あまり良くねえなあ」

「調子が整ったら、退院してセカンドオピニオンに行きましょうね」

「なんか面倒になってきたなあ」利夫は家でそうするように、椅子の背もたれに背を預けた。

「俺はもうここでいいや。A病院だって大きな病院なんだし」

「またお父さんたら。それ、悪い癖だわよ」

利夫は脇腹をさすりながらも「ごめんなちゃーい」とふざけた。

「ねえ、お父さん」

「どうした?」

「昨夜ね、由希子に言ってみたの。その気があるなら迷っていないで結婚してほしいって」

口に持っていきかけた紙コップを、利夫はテーブルの上に戻した。

「そうか。なんて言った?」

「何も。でも、あの子なりに一晩考えたんじゃないかと思うのよ。寝不足の顔だったから」

利夫は自分の腹に目を落として、軽く笑った。

「でも、相手はいるのか」

「川崎さんがいるじゃない。前の職場の人。職場が変わってもたまに出かけてたんだから、向こうだってその気があるのよ。そうじゃなきゃ、由希子みたいな子を誘わないでしょ。若くて可愛い子は他にいっぱいいるんだし。あんな子を気にしてくれて、ありがたいわよね」慶子は少しテーブルに身を乗り出すようにして、利夫の同意を引き出そうとした。「あなただって由希子の花嫁姿を見たいって言ったでしょ？　あの子が今度ここにお見舞いに来たら、あなたからもお尻叩いてちょうだいよ」

「由希子は奥手だからな。素直にうんと言うかな」

「あの歳で素直になれないひねくれものなんて、お終《しま》いよ。いつまでもアルバイトでいても、将来困るのはあの子だわ。あの子のためだわよ」

「お母さんの躾がまずかったから、物書きになんて手を出したんじゃないのか。それで婚期も逃したんだ」

茶化すような口調だったが、当然慶子は面白くない。利夫の協力もなく、一人で家事も育児も頑張ったというのに。

「またそんなことを言う」

怒ってみせた時、廊下からデイルームを覗く看護師の姿があった。誰かを探しているのか、それとも事務的に様子を窺っているのか。彼女はすぐに歩き去っていった。

看護師の年齢を、慶子は由希子よりは若そうだと見積もった。彼女は既婚か未婚か。自分が未婚だったころ、慶子は自分より若そうな女性が結婚しているかどうかを気にした。今は由希子より若い女性を気にしている。

いずれにせよ、独身だとしても彼女には看護師という立派な仕事がある。あんな娘を持ちたかった。由希子にも手に職があれば、これほど心配しなかった。

「とにかくね、由希子はお父さん子でしょう？　あなたとよくモスバーガーに行っていたじゃない」

慶子も真理子もそっぽを向いた利夫のモスバーガー通いに、後々まで付き合い続けたのは、意外なことに家族の中で最も少食な由希子なのだった。

「あなたから直接花嫁姿が見たいと言われたら、今度こそ由希子もその気になるわ」

余命のことは話したのだ。慶子は由希子が当たり前の情緒を持ち得ていると信じた。

ふと、利夫が慶子の背後に視線を移した。慶子は窓を背にしている。その窓の外を利夫は眺め、目頭を揉んだ。次第に顔が俯《うつむ》かれた。光に屈したというようなうなだれようだった。

「まだ死ねねえなあ」

その時、慶子は利夫が泣いたように思った。もちろんそれは錯覚以前のもので、利夫は泣いてなどいなかった。しかし慶子を奮い立たせるには十分すぎた。慶子は利夫の手を握った。

「そうよ、お父さん。へこたれちゃ駄目よ。由希子の花嫁姿を見るまでは死ねないって思わなきゃ。親は子どもの幸せを見届ける責務があるのよ」

「お母さんは元気だなあ」

「そうよ。いつだってお母さんが元気だから、椎名家は成り立ってきたの。セカンドオピニオンもまだじゃない。そっちではがんの治療方法もあるって言われるかもしれないわよ」

利夫の年齢を考えると、セカンドオピニオンでも積極的な治療はしない道を示される公算は大だったが、だからこそ慶子は明るい方角をあえて指差した。病人に残される最後の治療は、希望以外にない。

奥村医師の見立てどおりに進むならば、利夫は次の桜が咲くころにはいない。だとしても、暗く沈んで死を待つよりは、希望を持って生きるのがいい。やりたいことがあるならそれらを一つずつ叶《かな》えて、ああ、悪くない人生だったと満足して逝けたなら、それは一つの幸せのはずだ。

真理子の言葉を慶子は思い出した。

がんは死の準備をする時間がある病気だ。

そうして、いずれホスピスに転院し、苦痛を取り除いてもらいながら、安らかに最期を迎える。その安らかなひとときで、利夫に今までの礼を言おうと慶子は密かに思っていた。長い結婚生活に不満はもちろんある。だが、終わりの時には水に流そう。感謝をきちんと言葉で伝えて、別れを告げようと。

「さすがお母さんだな」

利夫が相好を崩しつつ、また腹をさすった。

「利尿剤は出ているのよね」

「でもあんまり良くならねえんだよなあ」利夫はそこで内緒話をするように声を低めた。「俺な。あの先生、よく分かってねえんじゃないかと思うんだ」

「あの先生って、奥村先生?」

慶子は慌てた。デイルームには人はまばらで、老夫婦を気にしている人間はいなかった。それでも声量を落として言う。

「そんなわけないでしょう。そんなことを言ったら駄目よ」

「お母さんだって、セカンドオピニオンと言っているだろう」

「セカンドオピニオンは、この病院を否定したいから行くんじゃないわよ」

言いながらも慶子の頭には、ほんの二週間で余命を半減させた奥村医師の顔がチラつく。最初のインフォームドコンセントの段階では、分かっていなかった事実が、きっとある。だったら今だって、分かっていないことがあるのかもしれない。

だとしても、素人の自分たちよりは分かっているはずで、疑っていいことなど一つもない。慶子は利夫に釘を刺した。

「ねえ、本当に先生に、分かってないだろう、なんて言わないでよね。嫌なお爺さんだと思われて、こっちが損するだけなんだから」

「ごめんなちゃーい」

「そのおふざけも、先生の前では止めてね。ねえ、お腹は苦しいだけ？　痛くはない？」

利夫は考え込むように唸《うな》って、「痛えっていったら痛えな」と答えた。

「ちゃんと眠れている？　痛み止めや睡眠薬も、もらっているのよね？」

この時利夫に処方されていたのは、胃粘膜保護剤、整腸剤、睡眠導入剤及び鎮痛薬であった。慶子はそれらの効能のみを把握し、詳しい薬剤名は記憶しなかった。処方薬の長々とした横文字は容易に覚えられるものではない。主治医が出している薬なのだから間違いないだろうという判断だった。慶子が気にしたのは、モルヒネかそれ以外か、だった。慶子には、モルヒネを使い出したらいよいよだという感覚があった。

「薬も飲まねえよりはいいのかなあ。あんまり変わらねえ気がするけどなあ」

「いいに決まってるんだから、ちゃんと飲んでよ、お父さん」

利夫の丸い腹を、慶子は今すぐ撫でてやりたい気分になった。あの腹の中のがん細胞を、掃除機か何かで吸い出せるのならどんなに良いだろう?

と、そこではたと気づいた。

もしかしたら、あの切ないと表現した痛みは、持病の腰痛ではなく、がんから来ているのかもしれない——慶子は自分の周囲の温度が不意に冷えたように思った。

デイルームで過ごしたのは四十分ほどであった。病室に戻って洗濯物を出してほしいと伝えると、昨日の利夫は下着を替えなかったらしい。さすがに小言を言うと、利夫は大袈裟に「お母さん、怖いなあ」と身震いしてみせた。

「怖いから、あんまり頑張ってここに来なくていいぞ」

ベッドに足を投げ出した利夫が、にやりと笑って言った。そのいくぶんシニカルな笑い方は、長年見慣れた利夫の表情だった。

「明日も来るわよ。来てお尻叩かないと、お父さん下着替えないんだから。お風呂にもちゃんと入ってね。臭いと看護師さんにも嫌がられるわよ」

利夫は素知らぬ顔で目をつぶってしまった。

その日の夕食時、アルバイトから帰宅した由希子と二人で静かな食事をしながら、慶子はまた言ってみた。

「川崎さんとはどうなの？」

由希子が目を上げた。爬虫類《はちゅうるい》を思わせる、冷ややかな一重の目。だが、どこかいつもよりもぼんやりしているようなのは、どうしてだろうか。心ここに在《あ》らず、というような。

「昨日も言ったけれど、いずれ結婚する気があるなら、早いうちに進めたらどう？　お父さん、毎度電話で心配ないって言うけれど、お腹苦しいみたいなのよ。お父さんも由希子の花嫁姿を見て死にたいと思っているの。のんびりしていて間に合わなかったら、あんたが一番悔いを残すことになるのよ」

親の切なる願いが、身勝手に生きてきたこの娘にも伝わってほしいと、慶子は祈りを込めて言葉を紡いだ。

「川崎さんとそういう話はしていないの？」

「うん、してない」

「あんた何か、特別な事情があるの？」

由希子は席を立って、自室に行った。

慶子は食卓に一人残された。電灯の明るさが翳った気がした。


十月十七日、慶子は午前に利夫を見舞ったあと、友人の木下《きのした》と会った。木下は近隣マンションの住人で、カルチャースクールの英語教室でも数年机を並べた仲だ。慶子よりも七歳年下だが、気が合う相手で、定期的にランチ会と称して世間話をしたり、時々はもらい物を交換するなど、密な交流がある。

マンションの一階に入っているカフェで落ち合うと、木下は慶子の顔を見るや、単刀直入に利夫の具合を尋ねてきた。彼女は六十歳まで大病院で看護師として働いた女性だった。

心許せる友人には利夫の入院を隠してはいなかった慶子だが、木下もその一人であった。

「がんだったの。膵臓がんでステージⅣだって」

「あら、そうだったの」

木下は痛ましそうな顔をした。彼女はさっぱりと裏表のない女性である。演技ではなく、本当に心を痛めているのだ。慶子はさらに続けた。

「最初は余命一年って言われたの。でもすぐ半年くらいって。主治医の先生は、もう緩和ケア科のある病院に行ってくださいというスタンスだった。でも、セカンドオピニオンはするつもりなの」

「慶子さんと旦那さんの悔いのないようにしたらいいわ。今はお家にいらっしゃるのよね?」

「先週からまたA病院に入院しているのよ。腹水が溜まっていて」

すると、木下はてきめんに表情を曇らせたので、慶子は不安になった。不安が顔に出たのだろう、木下も「ごめんなさいね」と謝った。その上で、難しい顔で彼女は慶子にこう訊いた。

「腹水はお薬でコントロールしているのかしら?」

「ええ、でも夫はあまり良くならないようなことを言っていたわ。そんなに溜まって苦しいなら、注射器か何かでちゅーって抜いてくれればいいのにね。木下さんはどう思う?」

木下に利夫の病気のことを話したのは、看護師としての知識に期待するところがあったためだった。その知識から何らかの情報を得られないかと。

　おそらく木下は慶子の意図を汲み取ったのだろう。少し丸めがちだった背を伸ばして、慶子と向き合った。

「看護師をしていたころ、腹水が溜まってくる患者を何人も見たけれど、そういう人たちは、残念だけどもう末期だった」

　末期。口にすれば一秒にも満たない単語の音は、慶子の胸に深く突き刺さり、体内で繰り返しこだました。

「その末期の方たちって」喉で絡んで外に出たがらない声を、慶子は無理に出した。「どのくらい闘病するの？　やっぱり、半年くらい？」

　木下はゆっくりと首を横に振った。

「ごめんなさいね。本当に、人によりけりなのよ。椎名さんは今コントロールをしているのだし、上手くそれができれば」

「木下さんが見てきた患者さんはどのくらい持ったの？」

　木下はしばしの躊躇いの後に、

「半年持つ方は、稀だった」

と答えた。

十月十八日午前、慶子はデイルームの椅子に座る利夫の腹部を睨んでいた。

木下と話したせいか、腹は膨れてきているように見えた。

今は余命半年。でも今月頭は余命一年だった。夏風邪だと思っていたころにまで遡れば、入院するなんて夢にも思っていなかった。元気な老人だったのに。

食欲もがくんと落ちたようだ。

「お父さん、お薬は飲んで」

慶子はテーブルの上の乳酸菌飲料の小さなボトルを、処方薬と共に利夫の前へと押し出した。

それは、病室のオーバーテーブルの上に放置されていたものだった。朝食時に出された乳酸菌飲料と、服用すべき薬のようだった。それが手付かずだったというわけだ。

飲めないほど腹が苦しいのか。だが慶子は、心を鬼にして訴えた。

「飲まなきゃ駄目よ。乳酸菌飲料も、便秘に効くわよ」

「後で飲むわ」

「じゃあ、アイスは？　ほら」慶子は来がけに立ち寄ったスーパーで、アイスクリームを幾つか購入してきていた。「どの味がいい？　お父さんが好きなあずき味もあるわよ」

「おまえが食え。俺はいらん」

腹をさすりながらも、慶子の前では何かを誤魔化すように、にやにや笑ってみせる利夫である。

「お父さん、お腹苦しいの？」

「うーん、まあなあ」

利夫はもともと、己の体調の悪さを口にしないタイプだった。慶子は利夫から、苦しいだの痛いだのという訴えをぶつけられることなく過ごした。利夫がそう言う時は、慶子が問いかけて引き出していた。

我慢強い性格もあるが、今は利夫自身、自分の感覚が分からないのではないかと、慶子は疑念を持った。本当はのっぴきならないほど痛く苦しいのだが、がんの痛みや苦しさを経験したことがないから、どのように痛く苦しいのか、表現すべき言葉が見つからないのではないかと。

——切ねえんだよな。

検査入院前に利夫が語った痛みの表現も、奇妙な喩えだと思ったのだ。

だとしても、今日も利夫は、デイルームまで歩いた。ではそこまで心配することもないのかもしれない。悲観へと振れそうになる心の振り子を、慶子は意志の力で楽観に戻した。

「苦しいことは、ちゃんとお医者さんに話しているの？」

「訊かれれば、言ってはいるんだけどな」

下腹をさする手つきに、慶子はふと閃《ひらめ》いた。

「あなた、うんこが出ていないんじゃないの？」

「お母さん、声が大きいぞ」

デイルーム内の他者の目を気にして慌てる利夫に、慶子は言い放った。

「ここは病院なんだし、あなただってもうお爺ちゃんなんだから、気にしなくていいわよ。ねえ、便秘で苦しいのもあるんじゃないの？」

もともと便秘の気があった利夫である。問い詰めたら案の定、今回入院してから便通は一回しかないのだと、小さな声で白状した。

「俺もそれで苦しいんじゃないかと思ってたんだよな」

「全然したくはないの？」

「出そうで出ねえんだ」

「行ってきなさいよ？　出したらきっと楽になる」

促すと、利夫は立ち上がった。

「アイス、溶けてしまうな。病室の冷蔵庫に入れとくから、よこせ」

慶子はサーバーの水を飲みながら、利夫の帰りを待った。

利夫はなかなか帰ってこなかった。慶子はスマホを眺めて時間を潰した。紙コップの水は飲み干し、おかわりを半分ほど汲んで、軽い胸騒ぎを覚える。ただのトイレなのに、遅くないか。様子を見に行ったほうがいいのか。

三十分近く経とうとしていた。

どうにもじっとしておられず席を立った時、離れた場所からアラーム音が聞こえた。廊下に出ると、ちょうどナースステーションから看護師が一人走り出て、トイレへと走っていく。

ややあって、もう一人の看護師が折りたたみ式の車椅子を広げて続いた。

車椅子に乗せられて戻ってきたのは、利夫だった。

トイレでアラームを鳴らしたのは利夫だった。

11

真理子の携帯に慶子からのメールが入ったのは、そろそろ弁当も食べ終わろうかという頃合いだった。

「なんか入ったね」

こずえが気にした。携帯はテーブルに置いていた。着信で短く震えたそれを手に取り、真理子は内容を確認する。

一読し、弁当を食べ終えていて良かったと思った。食べる前だったら食欲がなくなっただろう。利夫がトイレで倒れたということが、短く伝えられているそれに、真理子はすぐに返信をしなかった。一度元通りに携帯を置いて、弁当をしまった。

「どうかした?」

こずえは先ほどの一言よりも心配そうに問うた。親しい同僚であり、また、がんの親を持ち、また看取《みと》った先輩でもある彼女に、真理子は利夫の状態についても、大まかに話していた。だから、メールの内容についても話した。

「ええっ、心配だね」

真理子の想像以上に、こずえは驚き、こちらを案じた。仮に「そうなんだ」と流されたのなら、そっけないと思う反面、親の入院シーンでは珍しくない出来事なのだと受け止めることができた。

こずえの母親にもそういった日があったのかもしれないと。だが、おそらくそうではない。明確に心配されるような出来事が起こったのだと、真理子は再確認してしまった。

「詳しくは分からないんだ。母親も動転しているのかな」

「腹水が溜まって入院したんだったよね」自分たちの他には誰もいないのに、こずえは声を低めた。「返信しないの?」

「なんて言っていいか分からなくて。事実を箇条書きしたみたいなメールだから」

「でも、真理子に何か言ってほしいから、お母さんもメールしてきたんだと思うよ」

なんでもいいからとりあえず返信してあげなよと、こずえは言った。

「そういうの、返信してもらえるだけでも、落ち着けるものだからさ」

真理子は礼を言い、こずえのアドバイスに従った。利夫の様子を聞きながら、利夫と共に慶子をも案じていると書き連ねつつ、姉の由希子はどうしているのか、母は姉にもメールしただろうかと思った。

利夫の状態も気掛かりだが、真理子は母と姉の関係も案じていた。

先日、母が姉に結婚を迫るようなことを言ったらしいからだ。

昼休みがそろそろ終わりそうだ。真理子はこずえと共に休憩室を出て、化粧室で化粧を直した。

由希子に比べて真理子は、自分が親孝行な娘だと自負していた。その理由の一つに、教育関係にお金をかけさせなかったという事実がある。小学校から大学まですべて徒歩圏内の国公立に通った。塾にも予備校にも行かず、自分一人の力で結果を出した。

家計が苦しそうだから頑張ろうと気張ったつもりはない。群を抜いた天才というのでもない。ただ、普通よりは少し理解力があり、日々の努力が当たり前にできた。一般的な予習復習を積み重ねたら、優秀と呼ばれるようになっていた。それに加え、真理子には良い反面教師がいた、由希子という。

由希子は子どものころから飽きっぽく、勉強机に向かってもすぐに漫画を読んだりアニメを見たりしだした。ノートを使って計算でもしているのかと覗いてみれば、イラストを落書きしていた。テスト勉強が終わらなくても、眠くなったら寝ていた。何より、ぼんやり空想している時間があまりに多かった。姉の成績が中の上どまりな理由が、真理子にはよく分かった。真理子は姉の轍《てつ》を踏むまいと勤勉になったのだ。

容姿についてもそうだった。真理子が異性を気にし始めても、一つ年上の由希子はそんなそぶりを見せなかった。モテたいとか、可愛く見られたいとか、そういう欲がないのかと思ったことがある。髪型やスカート丈に、もっと気を回せばいいのにと姉に口出ししたいことを、真理子は自分自身では全部やった。幸い、真理子は容姿への努力が報われるタイプだった。真理子は中学に上がったあたりから、男子に好意を寄せられることが当たり前になった。それは自己肯定感を強くしてくれた。

とはいえ、姉妹の仲は悪くはなかった。真理子にとって由希子は反面教師だったが、たった一人の姉でもあった。大学に進学して、異性と夜に食事をしたり出かけたりするようになった真理子は、その時期たびたび両親とぶつかった。親の目を盗んでこっそりと夜に家を出ようとする真理子に協力してくれたのは、由希子だった。姉のおかげで充実した十代、学生時代を送れたと真理子は思っている。

——あんたからも由希子にそれとなく身を固めるよう言ってみてくれない？

電話から聞こえた慶子の声は、思い詰めた色があった。

母の心配は分かる。真理子も姉がもし結婚するなら、両親がどんなに喜ぶかしれないと思う。だが真理子は、母の頼みを聞けない。一緒に育った年子の姉妹だからだろうか、真理子は由希子が結婚しないのを、ある意味由希子らしいと納得している。

多分、何かにつけて空想していた姉は、あの時から頭の中で自分だけの物語を読んでいたのだろう。

どんな物語を面白いと思うかは、誰もが自由だ。

冷静な社会人の真理子は、一般的な家庭人でもあった。その日は四十分ほど残業を終えてタイムカードを切ってしまうと、帰宅後の日常に頭を切り替えた。学童保育で自分を待っているだろう咲良と隼人に、今晩は何を食べさせようかと地下鉄駅直結のスーパーで惣菜《そうざい》を見繕う。これが真理子の日常であった。

買い物をしてから二人の子どもを迎えに行き、一緒に帰って休む間もなく夕食を作る。公務員の広道は大抵残業だ。この日もまだ帰っていなかった。真理子は利夫と実家家族のことを考えながら、咲良、隼人と食事をした。じいじの不調を、子どもたちには話すつもりはなかった。何も知らない咲良と隼人は食べながらよく喋った。彼らの明るい声を聞き、食卓でのおいたを軽く叱りながら夕食を取っていると、気が紛れた。

食卓の後片付けをしている時に、携帯電話にメールが入った。すぐには見られなかったが、おそらくは由希子だろうと思った。一段落して確認してみると、果たしてそうであった。由希子のメールの文章は、真理子が送るそれよりもいつも冗長だ。だが、今回はそれほど長くはなかった。

『今日、お父さんがトイレで倒れたこと、お母さんから聞いて知ってるよね。あれ、迷走神経反射《めいそうしんけいはんしゃ》っていうらしい。さっき家に電話があって、まあまあ元気そうだった。心配するなって。一応報告まで』

わざわざ元気そうだったというメールを送って来たのは、逆に由希子にとってはショックが大きい出来事だったのかもしれない。例のモスバーガーにも付き合っていたし、父親っ子の気がある。それに結婚していない分、自分よりも長く親と一緒にいる。

あの日、自分はモスバーガーで何の注文もしなかった。思えばファストフードのハンバーガーは、もう二十年近く口にしていない。

広道の車が帰ってきた音が聞こえた。夫には父のことを話しておこうと思う。

「ママ、お風呂わいた?」

咲良がエプロンを引っ張った。真理子は風呂の支度を急いで済ませて、二人に順番に入るように言いつけた。

「ママ、その本なに?」

風呂から上がった後、久しぶりに由希子のデビュー作のページを繰っていると、咲良に問われた。

「あっ、由希子おばちゃんの本だ」

「よく分かったね」

「じいじとばあばの家にあったのを、見たことがあるもん」

フリースペースに置いた本棚には、写真集や画集、外国文学のほか、咲良と隼人に読ませる児童書を主に差している。『異世界《ノルダール》の救世主に抜擢されたわけだけど、上司の女子中学生が教え子だった件』は異質な一冊だったので、実は棚差しの本の裏に隠すように入れていた。

「表紙の女の子、可愛いよね。うちにもあったんだ」

「アニメの女の子みたいだよね」

「由希子おばちゃん、もう本は書かないのかなあ」

「どうだろうね」

由希子が今勤《いそ》しんでいるのは、昔からの趣味の二次創作だというのを、真理子は知っている。フォローはしていないがリストに入れるというやり方で、ゆき名義のツイッターのアカウントをチェックしているからだ。

そのツイッターも、利夫の検査入院以降、呟く頻度は減っていた。腹水で入院してからは、一度も投稿がない。

二次小説も書いていないのだろうか——真理子は心の中で首を横に振った。いや、それはない。姉は様々なストレスを、書くことで発散させてきたはずだ。それが別のストレスの元になろうともだ。書くのを完全に止《や》めることは、きっとできない。

「ママ。これ私ね、まだ読んだことないの。ばあばもおばちゃんも貸してくれなかったから。どんな話なの？　借りていい？」

「うーん。咲良にはまだ早いかなあ。中学生になったら読んでみてもいいかも」

「面白い？」

「あはは。それは読んでみてのお楽しみかな？」

真理子は笑って誤魔化した。発売当初、一冊あげるとの由希子の申し出をあえて断り、売上に貢献するべく書店で買って読んだ。読んでみた率直な感想は、「この本は私に向けて書かれたものではない」だった。自分の内側には、この本の中身に反応するスイッチが一つもないと思った。ヒロインの中学生女子とその担任教師が、二人揃って魔法が使える理由が分からなかったし、魔法が使えるにもかかわらず、ヒロインが何の取り柄もない中学生のふりをしているのも意味不明だし、いくら魔法の才能があるからといって異世界人の主人公を校長に据える魔法学校もいかがなものかと思うし、そもそも根本的に異世界の概念が理解不能すぎた。

けれども、『異世界《ノルダール》～』の本を見れば、真理子はほんのり心が温かくなる。受賞の報を聞いた時、二人目の隼人を妊娠していたからだ。友達と同人誌を作るなどしていた姉の、一つの達成だと思った。喜ばしいことは続くものだと、自分のことのように嬉しくなったのが、昨日のことのようだ。

「ねえ、ママ。じいじは大丈夫なんだよね?」

「大丈夫だよ。どうして?」

「さっきパパの声が聞こえた。じいじ今日トイレで具合悪くなったんでしょ」

真理子は風呂場のドアに「やってくれたな」という目線を送った。夕食を取っている夫に、昼間の慶子からの情報を伝えたのだが、その反応が結構派手だったのだ。洗面所で髪を乾かしていた咲良にもそれが聞こえたのだろう。

「具合悪くなったけどね、すぐ治ったって」

「病気が悪くなったの?」

「ううん。じいじね、うんちが出なくてトイレで頑張りすぎちゃったんだって。それだけ」

「なんだ。じいじもうんち出ない人なんだ。ママが飲んでるお薬飲めばいいのにね。ママ、じいじにあげたら?」

「そうだね、今度じいじに話してみるね。それより咲良。ママが便秘のお薬飲んでること、お友達には内緒だよ?」

父はきっと腹水で苦しいのだ。倒れるほど頑張ったのは、便さえ出れば、お腹も楽になると思ったからだろう。

真理子は咲良を寝室にやると、由希子の本を片手に思案し、やがて由希子に宛ててメールを一通送った。

『由希姉、メールありがとう。お父さんのこと、いろいろ大変だと思うけど、今度お昼一緒に食べない？』

娘として、利夫にできることは何だろうか。それを語り合えるのは、自分には由希子しかいない。

——あんたからも由希子にそれとなく身を固めるよう言ってみてくれない？

由希子の返事は日を跨《また》がずに来た。自分も話をしたいことがあると言う。

姉がそんなことを言うのは、初めてだった。二人はあまり相談事をしない姉妹だった。真理子が誰かに相談したいテーマといえば、勉強や異性に関することで、それは由希子には不適に思われたのだ。

今、二人は共通の思い煩いを抱えている。それは同じ親を持つ姉妹以外には共有できないものだ。

予定は意外にすぐに入った。姉妹は翌週月曜日の昼に、一緒にランチをすることになった。

待ち合わせ場所に歩いて現れた由希子は、長身を恥じるようにやや背を丸めた姿勢だった。後ろで一つに結んだ髪。Tシャツにロングカーディガン、ジーンズ。安価な通販カタログの一ページにありそうないでたちだった。オフィスワークというより、主婦のワンマイルウェアだ。だが、真理子はそれに眉を顰《ひそ》めはしなかった。その服装でもあれこれ言われない仕事場は羨ましかった。

「どこに入る?」

「真理子の好きなところでいいよ」

「そうだな、今日は何気分だろう?」

ラーメン気分でもオムライス気分でもない。値段が高い店は姉に負担だろう。店が並ぶ地下通路を歩いていると、スターバックスがあった。真理子は言った。

「あそこにしよう」

「いいね、たまには」

昼のスターバックスは混んでいたが、座れないほどではなかった。真理子はクラブハウスサンドとカフェラテを、由希子はソーセージのフィローネとコーヒーをトールで頼んだ。フィローネにはマスタードが鬼のように挟まっている。

「由希姉、刺激物そんなに取っていいの? 逆流性食道炎だったよね」

「たまにはいいよ。今日はチートデイ」

「スタバとはちょっと違うけど、思い出すよね」

「あのモスバーガーの日のこと?」

「そうそう。ところでお母さんは大変そう?」

カフェラテを一口飲んで切り出すと、由希子は細い顔を縦に振った。

「毎日病院に行ってる」

「心配だよね。お腹、そんなに苦しいのかな」

「薬でコントロールじゃなくて、物理で抜いてほしいみたい。注射みたいなのを刺して、吸い取ればいいのにって、お母さんも言ってる」

「それってあんまり良くないんだよね」腹水と聞いてネットで調べた知識を、真理子は由希子に話した。「由希姉はKM-CARTっていう処置を知っている?」

「腹水を抜いた後、体に必要な成分だけを戻す処置だったっけ。この間ネットで調べたら出てきた」

「そう、それ。でもやれる医療機関は限られているんだよね。A病院はやってなかった」

転院させたほうがいいのか。その処置だけを別の病院でしてもらうことは可能なのか。慶子から届くメールでは、利夫はセカンドオピニオンすら面倒がり始めたようだ。真理子は考えあぐねた末、まだ両親にKM-CARTについて話していなかった。

「腹水ってさ」由希子はマスタードがこぼれ落ちそうなフィローネを豪快に齧《かじ》った。「割と末期の印象ある」

「うん。お昼一緒に食べる同僚もそう言ってた」

「その人は詳しいの?」

「お母さまを胃がんで亡くしている」

「そう。お父さん、余命半年になったの、聞いた?」

「聞いた。そんな急に変わるものなのかな」

「私たち、こういう事態に直面するのが初めてだから、分からないよね。真理子のその同僚はそれについては何か言っていた?」

「ううん、特には。私からもコメントを求めていないし」

「コメント求められても、向こうも困るよね。うちの父、余命が半年に減ったんだけど、それって普通のこと? なんて」

軽口のような言葉を吐きながら、由希子はフィローネを食べ続ける。

「由希姉、マスタード辛くない?」

「思ったほど辛くない。まあ、あと半年あるわけだから」逆流性食道炎を患っているのに、由希子は食べるのが早く、フィローネはもう半分になった。「一時退院できて、旅行に行けたらいいんだけどね」

「そうだね」

後で由希子は絶対胸焼けするだろう。

会話に間が空いた。真理子もクラブハウスサンドを頬張った。久しぶりの味は、分かりやすい美味しさだった。

「由希姉は細くていいよね」

「胃酸が逆流するからかな」

「それになったの、受賞したころでしょ。その前からずっと痩せてた。私、何を食べても太らない由希姉の体質やスタイルが羨ましかった」

「羨ましかった? 私のことが?」

「うん」

「へー。意外」

体重を気にするあまり、ご飯をこっそり残してダストボックスに捨てていた時期も、真理子にはある。それはある日、利夫に見咎められ、ひどく叱責された。

——男の目を気にしているからそういうことをするんだ。

屈辱的な言葉だった。

「でも、真理子はすごくモテてたじゃん。いつも男子から電話がかかってきてた」

「中学高校の時って、まだ携帯持ってなかったしね。男子からの電話があったら、お父さん絶対不機嫌になってた。私あのころ、お父さんのことが嫌いだったな」

両親の諍いのもとになるのは、勉強に身が入らない由希子のほうが多かったが、思春期に差し掛かってからは、優等生の真理子も俎上《そじょう》に載った。

真理子の色恋の気配に、利夫は顔を険しくし、高校生の時はもちろん大学生になってまでも、男と付き合うなどふしだらだという論調を崩さなかった。

「一人暮らしの友達が羨ましかったな。好きに外泊できるし、友達も呼べるし」

真理子の大学時代は、娘が女性に成長することを感情的に、あるいは古い価値観で否定する利夫との戦いでもあったのだ。

由希子のフィローネが三分の一になっている。

「由希姉、お父さんとお母さんの馴れ初め知ってる?」

しいかつ……


「知らーん」

「私も。見合いじゃないってくらいしか」

尋ねたい気持ちは常に胸の奥にあったが、実行は難しかった。それは両親を生々しい男と女にしてしまう話題だった。

「お父さんとお母さん、昔は頻繁に喧嘩《けんか》してたけど、正直お互いのどこが良かったんだろうね？主に私のせいで言い争ってた気がするから、その私が言うのも何だけどさ」

首を傾げた由希子に、真理子も同調した。

「おまえの躾が、ってやつね。それ、由希姉ばかりじゃないって。でもさ、お父さんとお母さんの喧嘩、そこそこ派手だったよね。離婚するんじゃないかって、何度も不安になった」

「お年玉も使わずに全部貯金してたな。離婚とかして貧乏になったら生活費必要だなって思って」

「お父さんって昔、横暴だったよね。高校生の時、朝に髪をブローしてたら、すごく怒られたこと、今でも覚えてる」

当時は家出したいくらいに腹立たしかったのに、今はその腹立たしさよりも諦めと懐かしさが勝るのは、自分も大人になったからか。それとも親になったからか。どちらにせよ、他の誰にも言わない親の悪口を、たった一人言える相手がいるとすれば、同じ親を持つ由希子だけなのだった。

「真理子はそういうのにすごい時間かけてたからね。あれって、なんて言われて怒られたんだっけ」

「男に気に入られようとして、盛りのついた雌猫みたいだって言われた」

「うわあ。ザ・昭和って感じ」

しみじみと呟き、由希子はようやく早食いをいったんストップした。由希子の手のフィローネは、残り四分の一ほどだ。

「私を庇《かば》ったお母さんも怒るまでがセット。本当、昭和脳だよね。もうじき八十だから仕方ないのかもだけど」

「ていうか、おまえの躾がってやつ、今も言うからね。いまだ現役だよ、その定型文」

「由希姉のことで?」

「うん。私は正社員じゃない根無草で、親と同居してて、結婚もしていないから。そうなったのは、おまえの躾が悪かったからだって、お母さんに言ってる。それ言われるとお母さんは倍怒り返してるけどね。まあ、すまんって感じ」

「変わらないね」

利夫の考えの古さをあげつらいながら、真理子は陰口に当たり前に付き纏う後ろ暗さを、まったく感じていなかった。小学校の時分は母に嘆かれるほど姉妹喧嘩をした二人だが、長じるにつれ関係は穏やかになった。

「親孝行しなきゃね」

そんな由希子の前だからだろうか、真理子は驚くほど素直にその言葉を口にしていた。

由希子は四分の一を残したフィローネをじっと見つめながら呟いた。

「真理子はもうしてるでしょ。高校も大学も地元で一番いいところに行って、いいところに就職して、結婚して孫の顔も見せた」

「由希姉の話したいことって、もしかして結婚のこと？　お母さんに言われたんでしょ」

「お母さん、真理子にも何か言ったの？」

「言った」

睨むように見ていたフィローネに、由希子は嚙み付いた。

「やっぱり真理子から見ても、私は笑える？」

「別に笑ってないけど、どういうこと？」

すると、由希子は時報でも読み上げるようにこう言った。

「やりとり途絶えていた編集の人が、この間メールをくれたんだよね。三年前、その人から三十代の恋愛小説書いてみないかって言われてね。私なりに頑張ったんだけど、テーマからして難しくてさ。だから、どうして私にそんな打診したか、半年くらい前に訊いたの。その答えが忘れたころに返ってきた」

「なんて返ってきたの？」

何かを言いかけた由希子は、自らの口を塞《ふさ》ぐようにフィローネの残りを口の中へと捩《ね》じ込み、苦しそうに顔を歪《ゆが》めた。だから真理子も、それ以上は追及できなかった。きっと愉快ではない言葉が返ってきたのだ。笑える？　と言うのだから、それ的なことを。

「やっぱ、結婚してないってそんなにおかしいことなのかねえ？　まあ、ヤバそうとは私も思う。事件起こすの、そういう人多いしね」

「それこそ色眼鏡だよ。公務員だって会社員だって先生だって政治家だって、事件は起こしてる」

「公務員が事件起こすと、ええ、公務員が？　って反応でしょ。これが親と同居の中年独身でアルバイトや無職だと、ああ、やっぱりね、って一気に納得感出るんだわ」

「あはは」

つい笑ってしまった真理子である。自分も多少は色眼鏡をかけているのかもしれないと自己反省しつつ、話を元へ戻す。

「書きにくい話を無理に書くこともないんじゃないの？　小説書くのなんて税金じゃないんだし」

今度は由希子が笑った。税金というワードが気に入ったようだった。だが真理子は別に笑ってもらおうとして言ったのではなかった。

「私は由希姉と違って、作文の時間ですら嫌だった。文章書くの苦手だったから。よく卒論書いたなって自分でも感心してる」

「真理子は何でもできたよ。自慢の妹だった」

「義務でもない税金を進んで納めようとする由希姉、私は割とすごいと思ってるよ。デビュー作のノルダールなんとかも、私には面白さが分からなかったし、ベストセラーにもならなかったかもしれないけど、まず基本的に人間って、じゃあ今日は小説を書いてみようかな、とかあんまり思わないんだよね。そもそも論として」

細い肩を居心地悪そうに竦めて、由希子はドリンクのストローを咥《くわ》えた。

「今だって、由希姉は書いてるんでしょ?」

「いや、だから編集者に勧められた小説は書けなくて止まってる」

「そうじゃなくて、ゆきってペンネームで、オタクっぽいやつ。二次創作の」

「えっ、知ってたの?」

由希子は顔色を変えたが、大学時代から実家で同人活動していたのである。ペンネームも当時から『ゆき』だったし、由希子の部屋には、同人誌の在庫を入れた段ボール箱が常駐していた。今もあるのかもしれない。

「真理子が読んでも面白くないでしょ」

「うん。ごめん。私、原作知らないし」

正直に言うと、由希子は苦笑した。姉とは趣味が一致したことがない。真理子は漫画やアニメを見るより、異性や友達と出かけたりスポーツで汗を流すほうが好みだ。

だからこそ、真理子はずっと思っている。

「異世界だろうが同人小説だろうが、書こうと思うのがまず私やその辺の人とは違うんだよ。それだって、結構なギフトじゃない?」

「優しい妹を持ったな、私は」

由希子はそう呟いて、さりげなく手を鳩尾に当てた。

「一応確認するけど、由希姉は結婚したいの？」真理子は途中で齧るのを止めてしまったサンドイッチを、見苦しくないように紙で包んだ。「川崎さんという名前は、お母さんから聞いたことがあるよ」

由希子はまたも言い淀《よど》むようなそぶりをしたあげく、溜め息をついてドリンクを吸飲した。隣のテーブルの若いサラリーマンが、飲み終わったマグカップを持って立ち上がる。昼休みは慌ただしく過ぎ去ろうとしている。真理子の前のセットメニューは、どれもこれも中途半端に残されたまま、温かいものは冷め、冷たいものはぬるくなってゆく。

披露宴の席で、ビールを注ぎに来てくれた芳枝叔母の声が、内耳のあたりで再現された。

――真理子ちゃんがあんまり綺麗だから、由希子ちゃんも羨ましがってたわ。

――先越されちゃって悔しい、羨ましいって。

――今度おばちゃんがまとめてやるから、身上書書いとけって言っといた。

真理子は笑って受け応えしながら、家族のテーブルに座る振袖姿の由希子を見つめた。すると由希子は、こちらの視線に気づいて、小さく手を振ってきた。

根拠はなかったが、真理子はその時ふと思ったのだ。

姉は本気で羨ましいと言ったのか？　もしかして、ポーズなんじゃないか？

実は言うほど羨ましくはないのではないか。羨ましいと自分を下にしておけば、羨ましがられる側は悪い気はしない。方々丸く収まることが多いから、そう言うだけなのではないのかと。

その時閃いた考えの裏付けを、真理子は今も拾い集めている気がする。

「お父さんがああいうことになって、私に何ができるのか、いつも考えているんだけれど」由希子はそう言い、鳩尾の手を動かした。「なんか胃の調子が悪くなってきたな」

「早食いだったもんね。薬飲んだら？　持ってきてるんでしょ」

「ちょっとごめんね」

逆流性食道炎の持薬を、由希子は慣れたように飲みくだす。もう何年飲んでいるのか。真理子はドリンクのコップについた結露を指先で突《つつ》いた。持薬を入れているピルケースは百均のものか。

「実は私も今日、お父さんに何ができるのか、由希姉と話したかったんだ。でさ」真理子は息を整えた。「答えたくないならスルーでいいけど、妹として訊くね。由希姉って、結婚できない事情がある人が恋愛の対象だったりするの？」

緊張を伴う問いだった。

細い目が見開かれ、こちらへと向けられた。由希子は驚いたようだった。だが姉の驚きは、すぐに別の何かに成り代わったようだった。諦めとか、がっかりとか、そんなものにだ。

「真理子はお母さん似だよね」受け入れ難い一言の後ろに、由希子は問いをつけてきた。「真理子も私をそう思うの？」

「ううん。そうは思ってない。ただ、確認したかっただけ」

「そう」

「あんたもってことは、お母さんからもそんなふうに言われたの？」

「はっきりと言語化されたわけではないけれどね。雰囲気的に」

由希子はトレイの上を取りまとめ始めた。そろそろ帰ろうという動きだった。

「由希姉は、何か言いたいことあったんじゃないの？　話したいことがあるって」

「もう言ったから大丈夫」

今までの会話の中にあったのだろうか。編集者の件だろうか。それとも父にまつわる何かだろうか。

真理子はまだ由希子に言いたいことがあった。心を決めて切り出す。

「結婚って親を幸せにするためにするものじゃないからね、由希姉」

「急にどうしたの」

「自分たちが幸せになるためにするものだから。国や文化や時代で違うというのは、置いておいて」言葉を選ぶ小細工もなく、真理子は素直の一点突破を目指した。「私は広道さんと普通に結婚しちゃったわけだけど、よくよく考えてみれば、赤の他人の二人が、この人となら幸せになるんじゃないかって思うのは、割とレアなことじゃない？」

「そうだね、良かったじゃん」

「だから、そんな人いないっていうのも、ありえることなのかも」

由希子は真理子をじっと見つめ、不意に頰を緩めた。「時間、大丈夫？」

「私も、咲良と隼人には自立した大人になってほしいとは思うけれど、結婚してほしいわけじゃないんだ。してほしくないとは言わないよ。ただ、幸せになってほしいだけなの」

「それが親の気持ちってこと?」

「そう。だから、お父さんとお母さんも根っこはそうだと思うよ。分かりやすい幸せの表現が結婚ってだけなんだよ、多分。女の子はみんなウェディングドレス着るのが夢、みたいなさ。ほら、あの人たち昭和脳だから」

立ち上がった由希子に合わせて、真理子も立ち上がった。テスト期間なのだろうか、平日の昼間だというのに制服姿の高校生二人組が席を探している。

「うちのお父さんとお母さん、決して完璧な親じゃなかったけれど、そのへんは信じてあげていいんじゃないかな」

「真理子が言うんだからきっと正しいね。我が妹はいつも正解する」

ゴミ箱が設置されたカウンターに、飲み残しなどを分別して捨てながら、由希子は何度も頷いた。

「ありがとう、真理子」

別れ際、鳩尾のあたりに手をやる由希子に、真理子は言った。

「お父さんに何かあったら、すぐに教えてね」

「ありがとう。真理子が妹で本当に頼もしい」

鳩尾にあった手が外され、こちらに振られた。

「お姉さんとのお昼、どうだった?」

社屋へ戻り、トイレで化粧を直していると、こずえが横に立った。

「スタバに行ったよ」

「季節限定のフラペチーノ、頼んだ？」

「ううん、普通にカフェラテにしちゃった」

「残念。レビュー聞きたかった。朝ドラはね、まだ様子見だけど、個人的には前のクールのより好きかも。モデルいるんだって、陶芸家の」

歳も近く、同じ職場で長く一緒に働いているこずえが自分の姉だったら、どんな姉妹になっていただろうかと、真理子はふと考えた。由希子とは似ているとは一度も言われたことはない。こずえとならば、五回に二回くらいは言われそうだ。

「父の昔話をしちゃった」

そう言うと、こずえは目元を緩ませた。「話、弾んだ？」

「二人で悪口言っちゃった」

ひとしきりそれに笑った後、こずえが表情を整えて言った。

「西田さんはお姉さんがいていいね。私一人っ子でしょう。母が闘病している時や、看取りの時、きょうだいがいたらなって思った。両親の問題で一番分かり合えるのは、きっときょうだいだよ」

真理子は実感を込めて頷いた。

12

『石井ゆき様
大変ご無沙汰致しております。

その後、小説の進捗はいかがでしょうか。

さて、以前いただいていたメールのご質問ですが、ずいぶん長くお答えしていなくてすみません。私が石井さんに恋愛小説を書いてみてほしいと思った理由は、単純ですが、自分自身が読んでみたいと思ったからです。

石井さんとやりとりをしていて、失礼ながら、男性と親しくお付き合いされたことがないのかなあと感じる瞬間がありました（あったらすみません）。そういう人が書く恋愛小説って、とても面白そうだと思ったんです。

すごく男性に夢持っていそうというか、妄想抱いてそうで、絶対面白いものになると思うんです。

ご自分では気づいてらっしゃらないかもしれませんが、それってすごい武器だと思います。他の作家は持っていないものです。

原稿、今年中は難しそうですか。他のお仕事もあるでしょうが、楽しみにお待ちしています。

横井』

由希子は帰りの電車の中で、スマートフォンに転送した横井からのメール文面を見ている。隣に立つ学生風の男は、動画に夢中で、由希子の画面に何が映っているかなど、気にするそぶりもない。

何度もこうして読み返した。メール文面に実態があれば、そろそろ擦り切れて穴が開くころだ。昼間、スターバックスで真理子と会い、このメールについても少し触れたのだった。どんなメールだったのかを妹に問われた時、この画面を見せようと思えば見せられたのだが――自分が惨めすぎてできなかった。

初めて読んだ時はショックだった。しかし、受けた衝撃と同じくらいの納得感があった。なるほど、こういう意図だったのかと。嘘のない言葉のみが持つ説得力が、横井の文面にはあった。加えて、横井の指摘は事実だった。男と付き合ったことはない。川崎ともそういうつもりはなかった。

つまり、自分は珍獣なのだ。

中年処女という珍獣に己の生態を語らせる、みたいな感覚なのだ。分かる。珍しい野生動物を追ったドキュメンタリー番組は、いつの世も一定の需要がある。

ひどいと思う一方、世間の笑いものになるにせよ、それで一作世に出せるのならプラスだという編集者判断も理解できた。横井は作家として死に体になっている自分のことを思って、珍獣にしか語り得ない生態を詳《つまび》らかにせよ、見せ物になれとアドバイスしてくれたのだ。

きっとこういう時に、見せ物になっても嗤われても書いてやると前を向く気概を、人は才能と呼ぶのだろう。

どうせ出版社との付き合いが切れるのならば、いかに自分が冷遇されていたか、無理難題を提示されて苦労したか、やりとりの端々で感じた苦々しさなどを、最後に吐き捨ててしまいたいと思う。同時に、最後だからといって無様な姿を晒《さら》すのは、なけなしのプライドが許さなくもある。対立する気持ちのせめぎ合いで、横井にはまだわざわざ答えてくれたことへの礼すら送れずにいた。

——でも、もう小説は引退したんだろ。引退して何年も経ってるんだろ。

川崎から投げかけられた言葉が、横井のメールとタッグを組んで頭を回る。

降車駅が近づいてくる。由希子はスマートフォンをバッグの中に落とし、そういえばツイッターを見ていなかったと思い至った。

利夫のこと、進まない恋愛小説のこと、慶子からかけられる圧力。少し前までは勤務時間中もちらちらと覗いていた二次創作用のツイッターアカウントは、しばらくログインしておらず、AB小説も投稿が止まっていた。

二次創作でなら、私にもファンがいるはずだ。感想を送ってくれた人たちは、新作の投稿を待っているのでは……由希子は改札を出たところで、久々にツイッターにログインした。

DMは来ていなかった。リプライも特になかった。『ゆき』という名前はエゴサーチに向かない。直近で投稿したSSのタイトルを検索窓に入れてみた。

誰も話題にしていなかった。それまでと何ら変わることなく、フォロワーは好きに呟き、各々推し活を楽しんでいた。

あっ、ここでも私、いなくていいんだ。

気づいた時、急に風が冷たく感じた。十月も下旬に差し掛かり、日はとっくに落ちている。由希子は夜の中帰宅しているのだった。

由希子はあたりに誰もいないのを確かめて、暗闇に息を吐いてみた。うっすら白い息が出たような気がしないでもなかった。


翌日の二十二日、由希子はアルバイトが休みだったので、慶子に代わって利夫の見舞いに行った。

病室の入り口で、由希子の足がふと凍る。

上体を少し起こして休んでいる利夫が、初めて病人に見えたのだ。

顔色はいつものとおり悪くはない。テレビで見る政治家のほうが悪いくらいだ。痩せてもいない。だが、腹がひどく重そうだった。

「おう、今日はおまえか」

利夫は由希子の顔を見て笑い、ベッドを降りた。

「昨日の電話でも、明日行くよって言ったでしょ」

「そういえば、そうだったな」

由希子は素早くオーバーテーブルの上をチェックした。先日慶子が行った際、薬を残していたと聞いていたのだ。今日は残っていなかった。

デイルームへと歩いている間も、由希子は利夫の元気そうなところを懸命に探した。足取り、歩幅、姿勢……少しずつだがあらゆるところに翳りがある気がした。由希子はわざとゆっくり歩いた。いつものペースで歩いて自分が先行し、さらに距離が開こうものなら、利夫が傷つきそうで、そこから何かが崩れてしまうようで、それが嫌だったのだ。

「お父さんは元気だから。心配ないからな」

夕方、毎日家にかけてくる電話と同じことを、利夫はデイルームでも繰り返した。

「顔色はすごくいいよ」

「ちゃんと食べてるからな。おまえはどうなんだ? ちゃんと食べているのか」

「胃にもたれない程度に気をつけて食べてる」

「食べなきゃ治らんぞ」

由希子の体を気遣う体《てい》の小言は相変わらずだった。そんな相変わらずに、由希子は勝手に胸を撫で下ろす。利夫は水で唇を湿らせながら、福田の名前を出した。

「お父さんの囲碁仲間の福田さんがな、おまえが新聞に出てたと言っていた」

「そうなんだ」

それは利夫をいい気分にさせるための嘘だということに、由希子はもちろん気づいている。かねてよりそういった方便を福田は使っていて、そのたびに由希子は利夫から、おまえの名前が新聞に出ていたらしい、本を出したのかと問われてきたからだ。否定するごとに心苦しく、惨めになり、福田を恨んだ。

だが、入院した利夫にそのような嘘をつく福田はきっと、悪い人ではないのだろう。

横井からのメールのことが頭をよぎり、由希子はしばし憂鬱な考えに沈んでしまった。すると利夫は「もう帰れ」と言った。

「おまえも忙しいんだろう。帰って家のことをしろ」

「別に忙しくはないよ」

「ちょっと待ってろ。洗濯物出すから」

利夫は病室へと歩き出した。由希子も慌てて続く。

「お父さん。次に来る時、何を買ってきたらいい？『週刊囲碁』？食べたいものはある？」

「何もいらん。心配するな。そうだ、こないだお母さんが買ってきたアイスが残ってる。持って帰れ」

由希子は利夫の腰を見る。歩きながら利夫はそこに手をやっている。

「お父さん、痛いの？」

「大丈夫だ。由希子は無理するなよ」

「無理はしてない」

「おまえはガリガリで胃弱なんだから。庭の冬囲いもな、お父さんが帰ったらやるから。まだやってないだろ」

例年よりも暖かい晩秋に、由希子は冬囲いをまだしていなかった。やり方もよく分からない、今まで手伝ったことがないのだから。

「お父さん、退院したらやるからな」

父の薄くなった後頭部の髪の毛が、寝癖で曲がっていた。

「今年は私も手伝うから、ちゃんと退院してよね」

「この腹の水さえ良くなれば、すぐにでも帰れると思うんだが」

一日分の下着とタオル、それからアイスクリームを受け取って、由希子は病院を後にした。


「お父さん、どうだった?」

帰宅するや否や、待ちかねたように慶子に訊かれた。

「お腹の具合、どう? 苦しそうだった?」

由希子はなるべく明るく答えた。

「顔色は良かったよ。退院する気満々。冬囲いをやるって言ってた」

「あんた、今年は自分がやるってこと話さなかったの?」

由希子には咎めるようにそう返しながらも、由希子の返事の内容には安心したような慶子だった。

安心したなら、それでいい。

「今年は手伝うからって言っといた」

「手伝うんじゃなくて、あんたがやるのよ」

「初めてだから、やり方が分からん。あと、アイス持って帰ってきたよ。冷蔵庫に入れといた」

由希子は帰宅のバスの中で調べた冬囲いの手順を頭の中でさらう。父が口だけでもあれこれ指示してくれたらと思うが、そうはいかない場合を考えておかねばならなかった。

利夫はその日の夕方にかけてきた電話で、こう言った。

「お父さんな、腹の水を抜いてもらえることになったぞ」

13

咲良と隼人と夕食のテーブルについてまもなく、真理子の携帯電話が鳴った。慶子からだった。

「お父さん、腹水抜いてもらえることになったよ。良かった」電話の先の慶子は、心底安堵しているといった声だった。「お父さんも喜んでいるのよ。明日抜くんですって」

「そうなの、良かったね」

そうだ、喜んでいるなら良かったのだと真理子も思う一方で、懸念も頭をもたげてくる。慶子から聞いた話では、当初腹水の貯留を認めた医師も抜く処置は考えていないとのことだった。腹水の中にもアルブミンなど体に必要な成分があり、みだりに抜くと体力が落ちるからというような理由だったはずである。

Ａ病院は排出した腹水を濾過《ろか》し、体に必要な成分だけを戻すＫＭ－ＣＡＲＴをしない。おそらく、溜まった分をただ抜くだけだ。この処置はベストなのだろうか？　両親は喜んでいるようだが。

「処置の間はお母さんも付き添って待機する。二時間くらいはかかるみたいね。もし誰か一緒に付き添ってくれるなら心強いけど、真理子は忙しい？」

「明日？　二十三日、水曜日か」

告知の日も、慶子は一人で利夫に付き添った。今もほぼ毎日見舞いに行っているはずだ。由希子は明日付き添うだろうか？　付き添わない気がした。アルバイトが休みをとるということは、そのまま無給を意味する。その点真理子は正社員で、会社の福利厚生もしっかりしている。暇ではないが、繁忙期でもない。

「明日か、そうだね……」

真理子には一つ気掛かりなことがあった。腹水を抜く処置を望んだのは、子どもたちのピアノの発表会のためではないかと思ったのだ。子どもたちから誘われた際、行けるだろうと答えた利夫である。その発表会の日までに退院したいという、はやる気持ちがあったのでは？

今の利夫の正確な病状も知りたい。余命が半減した件といい腹水の貯留の件といい、どうも当初の印象より病状の進行が速いように思えてならない。処置の場に同席すれば、伝聞ではなく直接担当医から今の状態を聞ける。

「分かった、いいよ。明日半休申請してみるね」

二十三日、半休申請が問題なく認められた真理子は、午前の業務を終えるとタイムカードを入れて、会社の外に出た。

地下鉄駅に向かう道すがら、真理子は大通公園《おおどおりこうえん》の中を歩いた。好天の下、十月下旬の大通公園は木々の葉もすっかり色づき、どこからどう見ても秋本番であった。カサカサと乾燥した音を立てて、落ち葉が風に鳴る。空は少し前よりも青みが薄らいでいるように思えた。

ふと、真理子の横を蜻蛉がよぎっていった。

まだ飛んでいるのかと、真理子は軽く驚いた。いっときはうんざりするほど群れをなしていた蜻蛉も、すっかり姿を見なくなっていたが、暖かい秋のせいか、かろうじて生き残っているものもいるのだ。

蜻蛉は番《つが》いではなかった。

蜻蛉が飛んでいたほうに気を取られていて、前から歩いて来ていた若い女性にぶつかりそうになってしまった。互いに謝り、過ぎる。地下鉄駅の入り口が見えてきた。

真理子はデパ地下に寄って、ハーゲンダッツの詰め合わせを買ってからA病院へ向かった。利夫が甘味を好むこと、好物の一つがアイスであることを忘れてはいなかった。処置が終わって親子で一緒に食べたらどうかとも思った。

地下鉄に乗り込む前に慶子にメールを送っていたので、ナースステーションの前で落ちあうことができた。

利夫はまだ処置室へ行く前だった。ベッドを四十五度起こし、半座位でいた利夫は、病室に現れた真理子の顔を見て、「おまえも来てくれたのか、悪いな」と言った。

顔色は悪くなく、元気そうだった。加えて、もうすぐ楽になれるという期待がはっきり見えた。老父は浮き立っていた。

「お父さん、お腹大丈夫?」

「おう、これからこれ凹《へこ》むからな」

丸く膨れた腹を、利夫が自分の手で軽く叩いた。力士がよくやるように。浮き立つ気分のままに、真理子の笑いを誘おうとしたに違いなかった。真理子は笑う努力をした。利夫の腹は、想像以上に膨らんでいた。悪戯《いたずら》小僧がカエルの肛門にストローを差し入れ、腹を膨らませる遊びをするが、利夫の腹はまさしくその弄《もてあそ》びを受けたカエルであった。

庄司という看護師が病室に来た。車椅子を押して来ている。

「椎名さん、おトイレ大丈夫ですか? 少し時間がかかる処置なんです。あと、帰りはこれに乗ってもらいます。行きもどうです? 良かったら」

「歩けるけどなあ」

そうは言いつつも、利夫は車椅子に乗った。それからまた真理子を見上げて、

「抜いてもらったら楽になると思うんだわ。ピアノの発表会にもな、行けると思う」

と笑った。

病棟をしばらく歩き、地下の処置室に着いた。随分と人気《ひとけ》のない場所だった。患者もスタッフもいない。なのに、通路の一角に自販機が設置されていて、煌々《こうこう》と人工光を発していた。

真理子と慶子はいったん廊下で待ち、頃合いを見て中から呼んでもらえるのだという。

中に入っていく利夫に、真理子は言った。

「そうだ、ハーゲンダッツ買ってきたの。病室の冷蔵庫に入れておくから、終わったら食べて」

すると利夫は車椅子を押す庄司をちらりと見てから、こう言い放ったのだった。

「いや、それは、おまえとお母さんで食べろ。待っている間にでも」

「え、どうして？」

「お父さんはいらね」

処置室のドアが閉まった。真理子は廊下で慶子と顔を見合わせた。

慶子が溜め息をついた。

「そうなのよね。お母さんもこの前、お父さんにアイスを買ってきたの。でも食べなかったみたいで、由希子が持って帰ってきちゃった。そんなにお腹が苦しいのかとも思ったけど、ご飯は食べているみたいだし」

廊下の壁に沿って、長椅子が置かれてある。それに慶子は、疲れ切った旅人のように腰を下ろした。

「庄司さんって担当看護師さんに聞いたんだけど、お父さんね、ご飯はあまり残さないんだって。再入院してからずっと、お腹が張って苦しいって言っているし、今日のもお父さんが直接先生に苦しいって訴えて、それで処置が決まったのに、ご飯だけは頑張って食べてるそうなの。普通、腹水が溜まると食欲もなくなるはずなのに、って庄司さんも不思議がってた。なんでだろうね」

好物をあえて食べない。それに真理子はある種のストイックさを見出《みいだ》した。あたかも敬虔《けいけん》なクリスチャンが、戒律《かいりつ》を守り続けることで、何がしかの加護を期待するようなそれ。今までの父なら、間違いなくアイスクリームに飛びついた。コンビニで饅頭《まんじゆう》やアイスを買ってきては、隠れて食べているのだという慶子の愚痴を、真理子はたびたび聞かされていた。あんたからも太る、健康に悪いと言ってくれと、頼まれもした。だから真理子も母の意を汲み、時々利夫に「甘いものを食べすぎないで」と注意をした。

父は今、『健康に悪いと聞かされ続けてきたもの』を断つことで、元気になろうとしているのではないか。

慶子がぽつりと言った。

「木下さんがね……お母さんのお友達で、看護師をしていた人」

「その人がどうしたの?」

絶対に聞こえていないはずだが、慶子は処置室の中を気にするように、一度ドアを見た。

「腹水が溜まるようになったら、もう末期だって」

「椎名さんのご家族の方、どうぞ、入れます」

その時、中からドアが開いて、看護師に呼ばれた。

真理子は慶子と共に中へ入った。

利夫は処置室のほぼ中央の寝台にいた。

「おう、抜いてもらっているぞ。これで楽になる」

薄い水色のビニールのようなものをかけられて横たわる利夫の顔は、思いがけなくも元気そうだった。

だが真理子は、利夫の腹部から出ているチューブの先を見てしまった。そこには排出中の腹水が瓶のようなものに溜められていた。それは一見尿に似た色だった。酒を飲んだ翌日の尿、あるいはある種のビール。だがそれらではない。似ているが違う。微妙な濁りがあるそれには、うっすらと赤みも含まれているように真理子には思えた。

三十九年の真理子の人生で、目にしたことがない色味だった。

それを見て、真理子は理屈ではなく分かった。目の前の父親は、死にかけている。

一年と言われた時は、それなりの時間があると構えていた。半年となっても、まだ半年あるのだと前を向こうとした。

そんな気分は、消え去った。

咲良と隼人のピアノ発表会まで二週間もない。それまでには一時退院できるのか。退院が無理だとしたら、外出許可は？　子どもたちのためだけではなく、利夫本人のためにも発表会には来てほしい真理子だった。来られなければ、利夫は誰より自分の体と病気を呪いながら、ベッドの上で歯噛みし、孫との約束を破ってしまった己を責めるに違いないからだ。

処置室内での面会は短時間だった。真理子と慶子は、利夫と何気ない言葉を一言二言交わして、また廊下に出、処置の終わりを待った。

慶子が重い溜め息をついた。

地域の基幹病院であるA病院には、外来、入院問わず常に多くの患者の姿がある。だが、処置室前の廊下には、ずっと誰も通り掛からなかった。近くに霊安室があるのではないか、そんな気配を真理子は感じた。


腹水を抜いた利夫が処置室から出てきた。処置の時間は二時間ほどかかった。看護師が押す車椅子に乗り、厄介な重荷を下ろしたように嬉しそうな顔でいた。

「楽になったぞ。これで楽になる」

楽になるという言葉を、利夫は繰り返した。

利夫がベッドに落ち着き、そろそろ夕食が配膳されるという頃合いに、庄司がやってきた。今日の処置について、家族にも主治医から説明したいとのことだった。

促されるままに、真理子は慶子と共に家族説明室に入室した。奥村医師と庄司が待っていた。

奥村医師は抜いた腹水の量を、およそ五リットルだと言った。

「一度に急いで抜くとショック状態を招く恐れがありますので、全部を抜いたわけではありませんが、苦しさは軽減されるはずです」

ならば良かったと口にする前に、奥村医師は次を話していた。

「椎名さん、ご飯はまあまあ食べられていたようなので、処置はもう少し後でも良いのではと思っていましたが、五リットルは確かに苦しいですね。でも、十リットル以上溜まっても頑張る患者さんもいらっしゃるんですよ。そういう方に比べたら、椎名さんは……」

真理子は奥村医師の小鼻の脇に吹き出物の兆《きざ》しを見つけた。若いころは自分も吹き出物に悩んだ。だが今はそんなことは忘れていた。吹き出物など何年も出ていない。

奥村の説明は続いた。

「前にも説明しましたが、腹水には体に必要な成分も含まれています。それを抜いたわけですから、椎名さんの体も衰弱《すいじゃく》してしまうことが考えられます。もちろん、そのような傾向が見られましたら、こちらでも必要なケアはします」

真理子は慶子と共に、ただ頷いていた。抜くのは利夫の希望だった。苦しがっていたから、自分たちもそれでいいと思った。処置後、利夫は抜いてもらったことを本当に喜んでいた。実際楽になったのだ。

「抜いた腹水ですが、細胞診検査に回していいでしょうか」

細胞診検査の理由を、奥村医師はこう説明した。

「椎名さんの膵臓がんの診断は、ＭＲＩやＣＴといった画像によるものです。肝臓にも腫瘍像がありましたので肝生検も考えたのですが、体の負担を考えて止めました。従って、がん細胞があるか否かという確定診断がまだなのです」

そんなこと、腹水が溜まっている今になっても必要なのかと真理子は思った。隣に座る慶子に視線を送る。

慶子は疲れたように頷いた。

「もう抜いている腹水なら、主人が痛いこともないですから。お願いします」

「診断の結果は、二日ほどでお伝えできると思います」

「先生、一つよろしいですか」やや背を丸めた姿勢の慶子が、唐突に切り出した。「最初の説明では余命一年でした。でもすぐに半年になって、今日はもう腹水を抜きました。病気の進行が速いように思うんです。こんなこと、本当にあるんですか。どうしてこんなに速いんでしょう。その……これ、ただの膵臓がんなんでしょうか。病気が速まるような何かが主人にあるんでしょうか。本当にその、とても急なように思えるので」

真理子は隣でいくぶん肝を冷やした。まるで、主治医にも分かっていないことがあるのでは、とも取れるような言いぶりだったからだ。確かに病気の進行の速さには、真理子も戸惑っている。だが、病気は人それぞれのものでもある。同じ病気の人間が他に何人いるとしても、その病気に罹《かか》った椎名利夫という人間は、たった一人なのだ。

普段の慶子なら、きっとここでは問わなかっただろう。つまりそれだけ慶子にとっても、先ほど見た利夫の腹水はショッキングだったのだろうと、真理子は思った。

「奥さんがおっしゃるとおり、進行は他の方より速いかもしれません。ですが、あり得ないことではないです。病気は患者さんの体の中にあります。一人ひとり体は違いますから、病気の進行度はもちろん、どんな症状が強く現れるかも違ってくるのです」

奥村医師の答えは、真理子が思ったとおりのものだった。慶子は肩を落として謝った。「すみません。つまらないことを訊きました」

「この状況ですと、余命は半年より少し短いかもしれません。でも繰り返しますが、これはあくまで目安です」

奥村医師の口調に迷いは感じられなかった。


説明室を出た真理子は、俯く慶子に言った。

「お母さん。お父さんに何をしてあげようか」

伝聞で病名や余命を聞いた時とは異なる感覚が、真理子の裡に生まれていた。焦燥にも似た、本当に、もうそう長くはないという現実が目の前にある。余命半年より短いと言った奥村医師の言葉は、きっと正しい。処置室で利夫の体内から排出された体液の色が、その感覚を強くする。

真理子の言葉に、慶子も落としていた顔を再び上げ、気丈に答えた。

「お父さんの喜ぶことをしてあげよう。まだもう少しあるから」


真理子は学童保育に咲良と隼人を迎えに行き、三人でおしゃべりをしながら帰った。

「咲良はじいじのこと好き?」

「好き」

「隼人は?」

「大好き」

子どもの肯定はオレンジのピンポン玉のようだ。明るく弾みながら、迷うことなくこちらへ返ってくる。

「そっか。良かった」

「ママは？」

「ママもじいじのこと、大好きだよ」

買い置きの冷凍ハンバーグをトマトソースで煮込み、夕食にする。それから風呂の支度をして入浴させる。

夜はいつもどおりに更《ふ》けていく。

父が過ごしている夜もそうだろうかと、真理子は実家の家族に思いを馳《は》せる。母は。由希姉は。

——お父さんの喜ぶことをしてあげよう。まだもう少しあるから。

父がいない家で、母と姉は今、どんな会話を交わしているのだろうかと、真理子は思った。

14

腹水を抜く処置を見届けて、慶子はバスで帰宅した。

処置室で利夫の腹から抜かれた腹水を見た。

あれで、慶子も覚悟が固まった。今まで余命一年だの半年だの言われても、どこか上滑りした数字としか受け止められていなかったのが、実感を伴った現実になったという感じだった。

利夫に関しては、一つ心配があった。当初、処置に関して奥村医師は積極的ではなかった。抜けば体が弱るという理由でだ。

それでも、楽になったと喜んでいる利夫の顔を見れば、この選択も悪くなかったと、慶子は思う。苦しみながら長く生きるより、多少時間は短くなったとしても、苦痛のない余生を送るほうが望ましいに決まっていた。

家のドアを開ける前から、帰宅の気配を察知したフクスケの吠え声が聞こえた。

由希子が先に帰ってきていた。とはいえさほど時間は変わらなかったようだ。由希子はエプロンをつけて台所仕事をやり出した。慶子はフクスケを抱き、ソファに横になった。フクスケが口の周りを舐める。

由希子は鮭《さけ》を焼いただけで、汁物はインスタントの味噌汁だった。

質素な夕食を二人で囲んだ。慶子は自分を落ち着かせるために意識して呼吸を整えてから、利夫の処置のこととその後の医師の説明を、そっくり由希子にも伝えた。

「親が死んでいくのは当たり前なんだから、あんたはしっかりしてなさいね。今はどうやってお父さんの残された時間を有意義にしてあげるか、幸せな時間を過ごさせてあげられるかを考えなきゃ」

由希子は身から外した鮭の皮を見ながら答えた。

「そうだね。黒部峡谷とかね」

「急いで決めなくちゃね。一時退院が決まったら、すぐにでも行けるようにしておいて」

行けるのか、という自問は振り払い、慶子はさらに続けた。

「お父さんの二階のベッド、一階に下げておこう。家に戻ってきても、二階だと大変だから」

「ベッドを下げるなんて無理だよ。人を頼むなら別だけど」

「じゃあ、下にお布団を敷こう。由希子、あんたアルバイトの合間に、和室の片付けをやっておいてちょうだい。お母さん、木下さんに家ではどんなものがあったら便利か、聞いておく。それから、由希子」

「なに?」

「川崎さんとはどうなの?」

由希子の細い目には、感情が表れにくい。この時も、特に泳ぐことも見開かれることもなかった。

男好きのしない目だ。

昔から、この目が恋に輝くところを見たことがない。

慶子は妊娠していた時、子どもがもしも娘なら、母娘で恋愛話に花を咲かせたいと夢見ていた。同性の親愛は、異性の恋愛話で深くなる。親子であっても同じだ。慶子は親友のように恋愛話ができる母娘関係というものに、密かな憧れを抱いていた。

由希子は中学を卒業し、高校生になり、大学生になり、社会人になった。その間、母娘で恋愛話など一度もしなかった。バレンタインデーにチョコレートを作ったり、買ったりした話も聞かない。クリスマスイブにもお正月にも、夏休み冬休みもデートに出かけない。失恋している気配もなかった。何もないより、こっそり泣いていたほうが、親としてどんなにか安心しただろうに。年頃になったら男に興味を持ち、好きになる。好きじゃなくても試しに付き合ってみたりする。それがまるでない由希子は、一体誰が好きなのだ？

慶子は次第に由希子に疑念を抱くようになった。

一般的には結ばれない性別の相手が好きなのでは、と。

「川崎さんと付き合っているんでしょう？　あんた」

だから、川崎の存在は慶子をとても安心させたのだ。娘もやはり男を愛する普通の女なのだと思えたからだ。望みはまだある。

望みがどう結実するかは、今、利夫の最後の時間にも大きな影響を与える。

――まだ死ねねえなあ。

「お父さんね、お母さんもだけど、由希子がちゃんと大人になって、自立して幸せになってほしいの」

「それは分かってる」

由希子は皿を食洗機に入れて自室に引っ込んだ。フクスケが後を追いかけたが、振り向かなかった。フクスケはドアのガラス越しに階段を上る由希子を見送ると、慶子の足元にやってきて、ねだるような目を向けた。

利夫からはいつもの時間よりも少し遅く、午後七時半過ぎに電話があった。そして、心配ない、大丈夫だからと、繰り返した。

十月二十四日の午前、A病院へ慶子は赴いた。

六人部屋の利夫は、調子がいいようだった。オーバーテーブルに持ち込んだ絵葉書を出して、一枚一枚相手を確認しながら一筆認める作業に勤しんでいる。入院してからというもの、ほとんど見ることのなかったボールペンを持つ姿であった。先頭の氏名が読めた。福田だった。

「あなた、大丈夫なの?」

利夫は老眼鏡の上から慶子を見た。

「ああ、もうすっかりいいんだわ。でもこのペンがなあ。インクが切れるかもしれん」

「あんまり無理しなくていいんじゃない? 家に帰ってきてからでも」

慶子は利夫の体を案じて、デイルームへ行かなくてもいいのではないかと思っていたが、本人はさっさとベッドを降りた。気遣う言葉をかけるも、「大丈夫だ」の一点張りだ。廊下を歩く歩調も遅くなかった。

慶子は安心した。やはり処置をして正解だった。

「お父さん、家に帰ってきたら何かしたいことはある?」

「そうだな、車の調子を見たいな。乗ってないと駄目になるんだ、車ってのは」

「エンジンは、毎朝由希子がかけてるわよ」

「あいつは元気でやっているのか」

アルバイトのシフトが入っていない日は、由希子も利夫の元を訪れているし、毎日のように電話で話もするのだが、どうしても気になるらしい。逆流性食道炎の持病があるからか。

「ちゃんと食べているのか。腹が痛いとか言っても食わんと治らんぞ」

そして、二言目には由希子がものを食べたかどうかを心配する。

「あなたも心配性ね。自分のことは心配するなって言うくせに」

「だって俺は大丈夫だもーん」

安心と利夫の軽口が、慶子の調子を元に戻した。

「私はものを食べたかどうかより、いつまでも結婚せずに家にいるほうが心配だわよ」

「それはおまえの……」

「また私の躾のせい？　私のせいにするのは止めてちょうだい」毎度のなじりにも容赦なく反論できた。「私はちゃんと真理子も由希子も同じように育てたんだから」

「まったく誰に似たんだかな」

利夫はしみじみとそう言い、溜め息をついた。とはいえ、その溜め息は体調の辛さからではなく、由希子への心配からであるのははっきりしていた。

「由希子にもそれなりにいいところはあるんだがなあ」

「私だってそう思うけれど、でも具体的にどんなところかと言われたら困るわよね」

頭が良いわけでも容姿に優れているわけでもない。履歴書を書いても目を引くような事柄は一つもない。

「そりゃ、モスバーガーだ」利夫は大真面目だった。「いつも俺に付き合ってくれるぞ」

「ジャンクフードが好きなだけじゃないの？　栄養そっちのけで口当たりの良いものだけを食べる子よ」

「俺に似たんだな」

本当にこの日の利夫は見違えるようにぴんしゃんしていた。腹水が溜まっていた時は、呼吸するのも一苦労といった感じだったが、それもない。元気な様子を見ていると、残り時間を示す針がまた逆に動いたのではと思える。

帰りがけ、慶子はナースステーションに寄った。担当の庄司はいなかったが、別の若い看護師から昨夜から今朝にかけての利夫の話を聞き知ることができた。

「椎名さん、昨夜も今朝も、ご飯全部食べられましたよ。お薬も飲めています。熱もありません」

食欲があってご飯を食べているなら、心配はない。子育てをして慶子は、一番心配させられるのは子どもが食べないことだと痛感した。ちょっとでも食べてくれれば、ああこれでこの子はしばらく死なないと胸を撫で下ろすことができた。

夫にそう思う日が来るとはと、後にしてきた病室を振り返る。

ふと、利夫が開放されている戸の隙間から顔を覗かせ、去っていく慶子に手を振った。慶子も手を振り返した。ほんのりと胸の奥に小さな火が灯《とも》った。安堵の温かさが広がって沁《し》みていく。

半年後、すべてが凍りついて静止する日が来ようとも、その前に柔らかな小春日和が長くあってほしいと、慶子は願って止まなかった。

だが、小春日和は長く続かなかった。

「またなんか腹が苦しいんだよな」

十月二十五日、デイルームで開口一番そうこぼした利夫に、慶子の眼前は暗くなった。

「一昨日抜いたばかりなのに？」

「また抜いてもらえば楽になると思うんだよな。朝、先生にもそう伝えてる。早くやってもらわねえと、来月三日の発表会に間に合わねえから」

咲良と隼人のピアノの発表会を、利夫は気にしていた。

来てほしいと訴える孫たちを前に、利夫自身が「行けると思う」と答えていた。きちんと約束を守るじいじという顔も立つし、孫の晴れ姿を見られるのも大きな幸せの一つだ。

気になるのは、腹水を抜いたことによる衰弱だった。

デイルームへ歩く速度が遅くなっていたのだった。利夫は腰もさすっていた。

「腰、痛い？」

利夫は頷いた。再び溜まった腹水についてはさほど深刻な顔をしなかったのに、腰の痛みについては沈鬱が滲《にじ》んだ。

「腹は抜いてもらえれば楽になるけど、こっちはどうにもなあ」

「だんだんひどくなっているの？」

利夫は答えず、首を傾げた。

慶子はその姿に気を揉む。

腰の痛みはがんが原因なのか。それはどれほどのものなのか。がんの痛みは七転八倒するほどで耐え難いと聞くが、利夫はこうやって自分の足で歩けている。処方されている痛み止めが効いているのか。効いていて痛いのか――薬に詳しくない慶子は、痛み止めの種類もよく分からない。分かるのは、今使っているのは最終兵器の代名詞のようなモルヒネではないということだけだ。

病室のオーバーテーブルには、今日も作業中の絵葉書やら住所録やらボールペンやらがあった。慶子はそれらを、まだ起き上がれるだけの元気はある証拠だと、自分を慰めた。

「また抜いてくれれば、楽になると思うんだよな」

その日利夫は、同じ希望の言葉を何度も繰り返した。

長く居ても利夫の負担になる。慶子は三十分ほどで面会を切り上げた。洗濯物は出ていなかった。昨夜風呂に入らなかったことを、慶子は叱れなかった。腹がしんどくなったから、入る気力も削《そ》がれたのではないかと思った。

面会者名簿に退室時間の記入を終えても、慶子はデイルームでリュックを抱えて座っていた。やがて昼食の匂いが病棟に漂ってきた。大きなカートが動き回る音と人の声がし、デイルームにトレイを持った入院患者が一人姿を見せた。

慶子は立ち上がって利夫の病室をそっと覗いた。

利夫は汗をかきながら、白飯を口に運んでいた。覗くこちらにも気づかないほど必死で、まるで苦行を受けているかのようだった。ふうふうと肩で息をし、額に汗を滲ませ、時々辛そうに箸は止まる。にもかかわらず、利夫はあんかけの魚を食べ、煮しめを食べ、香の物を口にし、ご飯を食べていた。

「椎名さん?」

小声で背後から呼ばれた。庄司だった。

「大丈夫です」

慶子はすぐその場を離れて、滲む視界を押し潰すように瞼《まぶた》を一度強く閉じた。どうして夫があんなふうに、苦しげに食事しなければならないのか、ほんの一ヶ月前までは、普通に家でご飯を食べていたのに。

「椎名さん」

庄司は後をついてきていた。慶子は意識して自分の表情を整えて、看護師に向き直った。

「すみません、なんでしょう」

「今少しお時間はありますでしょうか。奥村先生からお話があるそうです」

慶子は自分の血圧が上がったのが分かった。

「夫の状態のことでしょうか」

「検査結果についてです」

腹水の細胞診検査のことだと庄司は言った。

いつもの家族説明室に案内される。

そこで慶子は奥村医師からＡ４の紙一枚を手渡された。ピンク色に染色された細胞の画像が、説明文とともに印刷されていた。

「細胞を診断し、パパニコロウ分類と呼ばれる分類法で、腫瘍《しゅよう》の悪性度をⅠからⅤの五段階に分類しました。クラスⅠが正常細胞、クラスⅤが悪性と判断できる異形細胞がある状態です。つまりがんです」

慶子の手の中の用紙には、クラスⅤとあった。

「椎名利夫さんががんだということは、これで間違いないということです」

ピンクに染められた細胞の画像を、慶子は凝視した。

「腹水はまた溜まってきているようですが、処置からまだ二日しか経っていませんから、すぐには抜かないほうがいいでしょう」

「夫は腰が痛いと言っていました」慶子はがん細胞を睨みながら言った。「痛み止めは今のままでいいんでしょうか。もっと強いものにしたほうが」

ピンクのがん細胞に、汗をかきながら必死で辛そうに食事をする利夫の顔が重なった。苦しみを一つでも取り除く術があるなら、今ここで言わねばならなかった。だから慶子は、効いているかどうか不明な今の痛み止めに疑義を呈した。

奥村医師は利夫にも確認してみると即答を避けたが、聞き取りの上で必要があれば、現在処方されている非オピオイド鎮痛薬から弱オピオイド鎮痛薬に変更すると言ってくれた。

A4用紙はリュックにもポケットにも入れず、慶子はそれを握りしめて病院を後にした。

バス停から歩く道で、慶子は何軒かの家の庭木が三ツ叉しぼりの冬囲いを施されているのに気づいた。丁寧にむしろで覆《おお》われている木もあった。

退院の目処《めど》はつかない。椎名家のイチイはまだ裸だった。

利夫からの電話は、この日もきちんとあった。心配するな、俺は大丈夫だからといつものように繰り返す電話だった。


十月二十六日、土曜日。

由希子のアルバイトのシフトは入っていなかった。朝食時に予定を尋ねると、見舞いに行くと言った。

「庭の冬囲いを、そろそろしなくちゃならない」

口に出して言ってしまうのは、慶子も苦しいものがあった。もうしばらく利夫は帰ってこられないことが、変えようのない事実として決定してしまうようだ。

「お父さんに手伝ってもらえるなんて、もう考えないで。一時退院できた時に庭木がちゃんと冬囲いされていたら、お父さんも安心する」

今まで一度もやったことのない由希子だが、やってもらうしかない。苦戦するだろうが、その分親の、さらには男手のありがたみを実感するだろう。

「十一月に入ったら、天気が崩れると週間予報で見たわ。病院から帰ってきたら、やってみてちょうだい。ネットで調べれば出てくるんでしょう？」

「何でも出てくるからね」

「物置に一式入っているはずだから。毎年お父さん、そうしているから」

由希子は争わなかった。「分かった。帰ってきたらやってみる」

「お父さんの負担になるから、面会もあまり長居するんじゃないわよ」

「うん」

「具合悪そうだったらお母さんに電話ちょうだい」

「うん」

何年も着ているコートを羽織って、由希子は家を出ていった。

慶子はフクスケをあしらいながら家の掃除を終えると、木下に電話をかけた。親しい友人でもあり、元看護師の木下は、電話がかかってきた理由をすぐさま察して、先に切り出すよう促してくれた。

「慶子さん、ご主人のことで何かあったの?」

腹水を抜く処置をしたこと、にもかかわらず、すでに再び貯留が始まっているようであること、また縮められた余命、細胞診検査の結果、本人が痛みを訴えていること、鎮痛薬の変更……話していると、ふうふうと肩で息をしながら食事を取っていた利夫の姿が眼前に浮かび、慶子はしばしば言葉に詰まった。それでも、冷静に分かりやすくと心で唱えながら、それらを木下に話した。

「前に話した時、慶子さん、セカンドオピニオンを考えているって言ってたわね」

木下の口調もゆっくりで配慮が感じられた。慶子はその語り口調に、自分と同じ意識を感じた。冷静に分かりやすくと心がけるそれ。木下は続けた。

「慶子さんを信じて言うわね。腹水を抜いたとなると、セカンドオピニオンの時間はもうないかもしれない。それよりは、転院を考える時期かもしれない。ターミナルケア専門の病棟に移ったほうが、きっとご主人にもいいわ。A病院は急性期病院でしょう? 最初の説明でも緩和ケア科がある病院へ行ってくださいと言われたのよね」

慶子はその時なぜか時計を見たのだった。九時二十七分だった。まるでこと切れた時間を確認するかのように壁掛け時計を見た自分を、慶子は密かに呪い、嗤った。

振り切るように時計から視線を剝《は》がし、慶子は今日の午後に竹で囲われるであろうイチイを見た。いかにも素人の手で樹形を整えられたのが分かる、ぼんやりした円錐形《えんすいけい》の木だ。それが三つ子のように三本並ぶ。さほど大きくはない。周囲に竹を差し、縄でぐるりと巻く。やろうと思えば、由希子でもできるはずだ。一般的には男がやる作業で、庭木もイチイだけではないが。

「あの人はもう、緩和ケアの段階なのね」

呟くと、胸の中にしょっぱい潮が満ちた。

「ご主人のために、今あなたが頑張らなくてはいけないのよ、慶子さん。弱気になっちゃだめ」

慶子は礼を言い、また何かあったら電話をすると言って切った。

インフォームドコンセントの時に受け取った資料は、ろくに見ずにライティングデスクの引き出しに突っ込んでいた。それを取り出して眺める。利夫ならどこがいいと言うだろうかと考える。一番近いところと言う気がした。面倒くさがりだからだ。

最寄りは同区内にありA病院からも車で五分ほどの、Z病院だった。

由希子は一時間ほどで帰ってきた。お腹が苦しそうだった、鎮痛薬の種類が替わったそうだ、それでもデイルームまで歩いた、ご飯は食べているようだと、箇条書きのように要点だけ話し、ジャージに着替えて庭に出ていった。そして、スマホを片手に冬囲いを始めた。

昼食の時間になっても、由希子は家の中に戻らず、冬囲いの作業を続けた。作業は遅く、出来栄えは素人丸出しだった。雪の重さに縄が解《ほど》け、囲いが崩れるのを慶子は危惧した。窓からそう言うと、由希子は頷いて一からやり直し出した。

由希子の冬囲いは、翌日の日曜も続いた。一日では終わらなかったのだ。

慶子は午前に面会を済ませた。利夫の様子は相変わらず良くなかった。デイルームへ歩くのも、椅子に座っているだけでも相当きつそうだった。慶子は面会をほんの十分程度で切り上げた。

午後になると日差しが出てきた。由希子の冬囲いはまだ終わらず、今日の日暮れまでかかってしまいそうだった。犬の散歩まで手が回るまいと、慶子はフクスケを連れて散歩に出ることにした。

慶子はベージュのコートを羽織った。小さなシーズーは、慶子を急《せ》かすようにリードを引っ張って先に行こうとした。それをぐっと握り締め、慶子は見えない誰かの足跡を辿《たど》るように、ゆっくりと歩いた。

風はほとんどなく、気持ちの良い温度だった。空には雲がまばらに散り、晩秋の木々の葉に日の光が落ちる。まだ紅葉が残っている木もあったが、見ごろは過ぎていた。盛りはいつも気づいたら過ぎ去っているのだ。

住宅地の路地を進み、駅前へと続く幹線道路に出る。リトルリーグの球場を備えた公園から、子どもの声が聞こえた。少年野球の試合が行われている。慶子は声のするほうへ、ふらふらと歩を進めた。

慶子の顔に小さな虫がぶつかった。晩秋のこの時期は羽虫が大量に湧く。慶子は手でその虫を払った。ふと見ると、コートにも虫はついていた。それを指先で払う。

中に、体に白い綿毛をつけている虫も交じっていた。雪虫《ゆきむし》だった。

公園に着いた。球場を取り囲む遊歩道を進み、レフト側のベンチに腰を下ろした。

ベンチは南に向いていた。日差しが慶子とフクスケを暖かく照らした。空気は樹木の匂いをはらみ、どこかしら甘やかで、かつさっぱりしていた。慶子はリードを握りながら、溜め息をつき目をつむった。

何かの気配を感じて目を開ける。

慶子のコートの胸に、一匹の赤い蜻蛉が止まっていた。慶子は驚いた。蜻蛉の生態に詳しくはないが、ここは北海道だ。十月の末になれば、もうほとんど姿を見ないのが普通だった。

蜻蛉は慶子の胸で動かない。日光の熱を我が身に充塡《じゅうてん》しているようにも見えた。眺め下ろしながら、慶子は蜻蛉が一匹であることに侘しさを覚えた。この時期まで繋がれなかった蜻蛉の行く末は、簡単に想像できた。これから相手を見つけるのはまず無理だろう。そもそも今飛んでいる蜻蛉など、他にいない。

蜻蛉と一重の目の娘が重なりかけた時だった。

ふいに蜻蛉が飛び去った。目で追ったが、すぐに見失う。

打者がヒットを打った。打球はライト線を転がった。歓声が上がる。ベース間を走る選手の髪が長い。打ったのは女の子だった。

女の子がサードに滑り込んだのとほぼ同時に、慶子の胸に再び蜻蛉が止まった。

その前足は獲物を捕らえていた。雪虫だった。蜻蛉は雪虫を捕まえるために、一度慶子の胸を飛び立ったのだ。

蜻蛉はそのまま雪虫を貪《むさぼ》った。綿も肉も顎《あご》が食い破っていく。

慶子は蜻蛉の愚かさに天を仰いだ。なんて馬鹿なのか、この虫は。

生き物は生きるために食べる。雪虫を食べたのも明日を生きるためだ。蜻蛉は生きようとしている。でも雪虫だ。雪虫が飛べば雪が近いのだ。いくら腹を満たそうと、小春日和が終われば凍りついて死ぬ。

リトルリーグの試合が終わるまで、慶子はベンチに座っていた。

長い散歩を終えて家に戻る。由希子はまだ汗みずくになりながら、イチイに不恰好な冬囲いを施していた。


十月二十九日は、朝から晴れていた。

慶子はこの日、緩和ケア科への転院手続きを進めるつもりでA病院へ向かった。

面会者名簿に名前を書いていると、庄司が寄ってきた。

「椎名さん、体調あまり良くなくて発熱しています。今朝、三十八度でした」

利夫の体温はもともと低めだ。風邪を引いたのか、それともがんの影響か。後者だという根拠のない確信が、慶子にはあった。

「でも、食欲はあるみたいです。朝食もほとんど食べていたと、申し送りで聞いています」

病床で利夫は上体を斜めに起こし、膝を立てる姿勢で目をつぶっていた。オーバーテーブルには住所録と葉書が入ったビニール袋があったが、作業に手をつけた様子はなかった。床頭台にはインクが切れかけたボールペンが一本出ていた。頰には発熱のためか赤みが見られたが、慶子の来訪に気づくと起き上がってデイルームに歩こうとした。

「お父さん、寝てなくていいの?」

「いや、見舞いはデイルームに行かなきゃならんから。ここで話すと迷惑だから」

利夫はよろよろ立ち上がって、なんとかデイルームまで歩いた。

「心配いらん。腹の水さえ抜いてもらえれば、また良くなるはずなんだ」

息を乱しながらデイルームの硬い椅子に座った利夫を前に、慶子は束《つか》の間、転院先の資料を見せるのを躊躇った。自分がひどく残酷なことをしているような気分になったのだ。だが、これをやりに来たのだと自分自身を叱咤《しった》し、リュックから資料を引っ張り出して、テーブルに広げた。

なんだ、というような視線を利夫はそれに落とした。利夫は老眼鏡をかけていなかった。顔を顰《しか》めて首をのけぞらせる。

「お父さん、これは前にもらった転院先の資料。緩和ケア病棟がある病院のやつよ。お父さん、どこがいい？　決めちゃいましょう」

「俺はここでいい」

「面倒くさがらないでよ」

「いや、俺はここでいいんだ」利夫は顰めた顔のまま目だけを遠くへ移して、脇腹をさすり出した。「何の不自由もしていない」

利夫は窓の外の明るさを見ている。

と、その顔が不意に歪んだ。

「お腹が痛いの？　それとも腰が痛い？　痛み止めは飲めた？」

「飲んだ」

まるで効いていないみたいだった。もっと強い痛み止めは出してもらえなかったのか。モルヒネとか――慶子は苛立ちを覚える。それでもモルヒネが出ていないのだから、まだ末期ではないということなのか。

「A病院がここいらで一番大きいんだから、ここでいい」

「でもいずれは転院しなきゃいけないのよ。ここは急性期病院なんだって。だから大きいの。最初の説明でも病院を移るように言われたでしょう」

ついこの間まで、急性期病院などという単語を口にしたこともなく、今だってそういった分類を完全に理解しているわけではないが、慶子は利夫を懸命に説得した。ここは治るための治療をしない患者がいる場所ではないのだ。紹介された病院に移ったほうが終末期のケアに優れている分、腹水も痛みも取ってもらえるのかもしれなかった。このような発熱だって、適切な処置をしてもらえるのかもしれない。

「お父さん」

利夫は面倒そうに資料を流し見し、この中では最も自宅に近いZ病院の名前を挙げた。予想どおりだった。慶子はすぐさまナースステーションにその旨を伝えに行った。利夫はトイレに行った。

転院先の希望を聞き入れた庄司は、すぐに手続きに入ると請け合い、その場でZ病院に連絡を取ってくれた。慶子はナースステーションの窓口前に佇《たたず》みながら、電話でやりとりをする庄司のハキハキとした受け答えを聞いていた。利夫はトイレからまだ戻って来ずにいた。

やがて庄司は電話を切った。

現在空き病床がなく、待機患者も五名いること、いつ空きが出るかは分からないとのこと、正式手続きの前に本人や家族が来院して見学してもらう決まりとのことが言伝《ことづて》の体で説明された。

慶子はそれでいいと答えた。

デイルームに戻ると、以前聞いた電子音が聞こえ、続いて慌ただしく人が廊下に出た音がした。

嫌な予感はすぐ確信になった。慶子はトイレに急いだ。

脂汗を蒼白《そうはく》の顔中に滲ませた利夫が、車椅子に乗せられて出てきた。その姿を見た慶子の膝からも力が抜けた。庄司が慶子を支えて「大丈夫ですよ、この間と同じです」と微笑んだ。

だが、その時から、利夫のベッドの横には車椅子が置かれるようになった。庄司は言葉を選びながらこんな提案をした。

「個室が空いているんです。個室の中にはトイレも洗面所もあります。廊下を歩く必要がないんです。よかったら移動できますよ？」

それに利夫は断固として首を縦に振らなかった。

「個室なんて、死ぬ人間が入る部屋じゃないか」

絶対に移動しない、六人部屋にいるのだとはねつけた利夫に、庄司は謝った。

「そんなつもりで言ったんじゃないんです、ごめんなさい。椎名さん、個室のほうが楽かなって思っただけ。この車椅子、使ってくださいね」

庄司が病室を出ていくと、利夫は充血した目で車椅子を睨んだ。

「……そんなの使わないのにな」

利夫の呟きに、慶子は悔しさと自嘲《じちょう》、寂しさを聞き取った。看護師が車椅子を持ってくるということは、それが必要だと判断されたからだ。トイレで倒れるようなお爺さん。病人。ふらふら。排便も満足にできなくなったという烙印《らくいん》。その判断が屈辱だと、利夫は感じているようだった。

「腹の水さえ抜いてくれれば楽になるのに」

慶子は病室を走り出て、一階まで降りた。一階には院内ローソンがあった。アイスボックスを開け、ハーゲンダッツを手当たり次第カゴに詰め込む。あずきバーも好きだった。それを入れる。

和菓子も好きだ。豆大福、蓬《よもぎ》大福を一つずつ入れる。

会計を済ませて戻り、利夫の前にそれを出した。

「お父さん、好きでしょう？　食べて」

利夫はぎょっとした顔で慶子を見た。微熱に潤んだ目の先が慶子と菓子類を交互に行き来する。

「なんでこんなに買ってきたんだ。いらねえぞ。こないだだって持って帰らせたんだ」

「ご飯もいいけど、美味しいもの食べてよ。こっちのほうがいいでしょう」

「いや、いらねえ。持って帰れ。お母さんも好きだろ」

慶子は床頭台の下部に据えられた冷蔵庫にアイスを入れ、台の上に大福を置き、一つも持ち帰らずに帰宅の途についた。

利夫はこの日も夜の七時前に電話をしてきて、今までどおり心配するなと言い、今までよりも早く電話を切った。

電話の後、由希子は風呂に入った。慶子はリビングで由希子が上がるのを待った。利夫がいる時は必ずチャンネルを合わせたニュースは、その夜見なかった。テレビの他も、音を発するものはつけないで、浴室からごく微かに聞こえてくる水音に耳を澄ませた。

利夫は風呂に入っただろうかと考えてすぐ、首を横に振る。次に入れる時があるとすれば、もう一度腹水を抜いて楽になった時だ。今はきっと寝ている。熱と苦しさに一人で耐えながら。

やがて髪をタオルで巻き、パジャマに着替えた由希子がリビングに来た。

「お母さん、お待たせ。次どうぞ」

「ちょっと今いい?」

慶子は自分の正面のソファに座るよう、由希子を促した。

「お湯、冷めるよ」

「由希子。お父さん、もう長くない」

由希子は頭のタオルを解いて、肩にかけた。「そっか」

「お母さんね。お父さんの残りの人生、お父さんのいいようにしてあげることに決めてるの」

「うん」

由希子との間にあるローテーブルの上には、新聞の日曜版が置かれてあった。日曜版は薄く、慶子にとっては読みどころがない。由希子も読まない。だが利夫だけは、必ず広げていた。詰碁の問題が中にあるからだ。

「あんたと真理子も、お父さんに最後の親孝行をしてあげてほしい」

「うん」由希子の目は、読まれないままの今日の日曜版に注がれていた。「そのつもりでいる」

「本当に?」

慶子は腹の中に溜まっているものをすべて出すように、深く長く息を吐いて言った。

「由希子が花嫁姿を見せてあげるのが、一番いいと思うの」

言い終えた瞬間、慶子の老いた心臓が胸の中で存在感を増した。

とくとく、どくり、とくとく、どん、どん。

歪なパルスに苛《さいな》まれ、慶子は救いを求めるように由希子の細く小さな顔を見つめた。

由希子も深い溜め息をついた。湿って重そうな肩のタオルをしばらく顔に押し当て、黙り込む。沈黙が上からのしかかり、慶子はその圧に喘《あえ》いだ。堪《こら》えきれなかったのは当然だった。慶子は訴えた。

「どうなの？　川崎さんとは。いずれ結婚するなら、お父さんの生きているうちにしてほしい。一人前になった姿を見せて、安心させてあげてほしい。後から、お父さんの生きているうちにすればよかった、なんて思っても遅いの。その時に絶対後悔する。お母さんも真理子も、由希子ほどのお父さん孝行はできない。でも由希子なら」

「川崎さんからは、もう会えないって言われた」

「えっ」

「こないだ言われた。付き合ってる人がいるみたいだよ」

一縷《いちる》の望みを挫く由希子の声に、慶子の胸の裡が凍った。由希子はさらに言葉を継いだ。

「期待に添えなくて申し訳ないけど、私は結婚する気ないんだ。親が死のうがどうしようが」

それはとてつもなく冷たい響きだった。

「ごめんね」

由希子は謝ってソファを立ち、リビングを出ていこうとする。

「待ちなさい」

慶子は咄嗟に呼び止めた。由希子は条件反射のように足を止めた。

その娘に、ずっと気になっていた、しかし問えばとんでもないものを暴いてしまいそうで、取り返しがつかなくなりそうで、口に出せずにいたたった一つの疑問を、その時初めて言葉にした。

「あなた、もしかして、女の人が好きなの？」

15

「あなた、もしかして、女の人が好きなの？」

由希子は慶子から投げかけられた問いを受け止めた。

慶子の口調は、とても優しいものだった。安いケーキの上にかかった銀色の砂糖粒みたいだった。

ああ、ついにこの時が来たかと思った。こんなこと、母も尋ねるのが嫌だっただろう。でも、訊いてきた。ならばせめて自分も、誠心誠意正直に答えねばなるまい。それでも嫌だ。物心ついてから抱えてきた自分の『ズレ』を、上手く説明できるとも思えない。激しい葛藤でパニックを起こしかけた由希子の耳の奥で、スターバックスでの真理子の言葉が蘇った。

——お父さんとお母さんも根っこはそうだと思うよ。

——うちのお父さんとお母さん、決して完璧な親じゃなかったけれど、そのへんは信じてあげていいんじゃないかな。

由希子は腹を固めた。とにかく母を信じて答えてみよう。

「違うよ。女の人がいいとかいうことじゃない」

否定すると、慶子の表情に一瞬安堵が見えた。だが、続きがあるのだ。むしろ続きが主役だ。

どう言えばいいのか。由希子自身も、自然と首を傾げてしまう。

「私自身も良く分からないんだけど、別に男だろうが女だろうが好きじゃないんだよね」

「好きじゃないって、どういうこと?」

「好きじゃないっていうか、好きにならないっていうか? 今までの人生で誰かを好きになったことがないんだ」

「アニメのキャラは好きでしょ?」

「うん。好きだし面白いと思うよ。頑張れとか、勝ってほしいとか思うかな。贔屓《ひいき》の野球チームみたいな感じだね。でも多分、お母さんの言ってるのは違うんだよね。キャラに限らず、お母さんが言うような〝好き〟をテーマにした作品とかも好きじゃないな」

由希子は母の顔がぽかんとなるのを見たが、続けた。

「どうしてかは分からないけど、漫画でも小説でも映画でも、恋愛話を面白いと思ったことがないんだよね。本当に一度もない」

「作り話の恋なんてどうでもいいわよ。由希子自身はどうなの? あんただって好きな人くらいいるでしょ?」

「だから、一度もいたことがないんだ」

「恋したことがないの? 本当に?」慶子は信じられないように半笑いを浮かべた。「誰だって、初恋くらいするでしょ? あの子いいな、とか、かっこいいなって思うでしょうに」

「私には覚えがないんだよね」

「だったら、川崎さんとは？　好きだから一緒にいたんじゃないの？　一緒にカラオケに行ったりご飯食べたりしてたでしょ」

「誘われたら基本断ってたよ。それでも繰り返し誘われると、なんかもう断るのも面倒になるというか。同僚だった時はなおさら断りにくかったし」

「それは川崎さんに失礼よ」

「そうだね。川崎さんからも、人の気持ちが分からない人だって言われた。内心ムカついてたんだと思う」

　慶子はくぼんだ目に手を当てる仕草をした。

「一度も好きな人がいなかったなんて、お母さん、信じられない。それ、勘違いだと思う。あんたの思い込みよ。いい思い出が無いから、恋したことないってことにしてるだけよ。あんたにだってちゃんといたはずよ、好きな人くらい」

　やはり説明しても無駄だった。由希子はやっぱりな、と思った。

　リビングに慶子を残して、由希子は自室に戻り寝た。髪の毛は生乾きで、冷えていた。慣れない冬囲いによる体の重さと軋みは、まだ残っている。父も去年までこの泥のような疲労を味わっていたのかと思った。

　あまり眠れた実感もなく、由希子は暗闇の中、目覚めた。日の出は日々遅くなっていく。朝、電灯をつけなければならない生活は、精神を落ち込ませる。

冬囲いの名残の筋肉痛は、まだ少し残っていた。

慶子と顔を合わせるのに気後れを覚えたが、バイトのシフトが入っている。由希子は身支度を整え、リビングに降りた。

ドアを開けると、フクスケが飛びついてくる。

慶子はすでに起床していて、パジャマのまま、何をするでもなくソファに座っていた。

「おはよう」

由希子の顔を見上げ、慶子はぎこちなく言った。「おはよう」

フクスケを散歩させ、簡単な朝食をかき込み、自家用車のエンジンをかける。

運転席のシートに腰を下ろすたび、由希子はそこに父の痕跡《こんせき》を探すようになっていた。はじめ、運転席には父のにおいが染み付いていた。なのにそれは、自分が座るたびに薄れていく。においが完全に消えたら利夫の身にも悪いことが起こるような気もして、由希子はなるべく早く作業を済ませた。

由希子のアルバイトは、週に五回、一日八時間の拘束業務である。入力するデータをその日受け取り、指定された席で黙々と打ち込むだけの、何の生産性もない仕事だが、収入を得るためにはやらねばならなかった。ＪＲの駅から徒歩五分という勤務地は、とても恵まれていた。

由希子が任されるのは、企業の顧客情報やアンケート結果の集計が多かった。時々は音声データの書き起こしも引き受けた。パソコンよりもスマホに慣れた世代に比べて、由希子はタイピングだけは一日《いちじつ》の長がある。八分目の力でやっても、仕事は早くこなせた。アルバイトで手指の疲弊《ひへい》を感じることはほぼなかった。

由希子の他のアルバイターは、職を失った雰囲気を漂わせる人間、もしくはダブルワークと思しきオフィスワーカーが多く、彼らからは生活に疲れたもの特有の心を閉ざした気配がした。

昼休憩の時にスマホを見ると、慶子と真理子からメールが来ていた。慶子は利夫の状態が悪いことを伝えるものだった。今日はさらに熱が高いとあった。

真理子のメールは、十一月三日に見舞いに行かないかと由希子を誘う内容だった。ピアノの発表会のはずだった咲良と隼人は、懐いていたじいじの容態があまり良くないと知り、発表会をキャンセルしたらしい。

余命一年、半年と減っていき、今はどのくらいなのかと由希子は考えてしまった。腹水が溜まり、熱が出て、トイレで二度も倒れた患者は、あとどの程度生きるのか。

アルバイトの由希子は、祝日の三日にもシフトが入っていた。

午前の業務を終えた由希子は、社員にシフトを変更してほしい旨を告げた。三日の祝日を休ませてほしいと切り出した後、ふと思い立ち、しばらく週五回から週四回にしてもらえないかと頭を下げると、自分よりもはるかに年下の男性社員は、ノーネクタイの襟元をいじりながら「いいけど、それで生活大丈夫なの?」と訊いた。心配ではなく嫌味であることを、本人も隠さない口調だった。

「椎名さんって他にも働いていたっけ。あれ、主婦ワーカーだったっけ？」

「いえ、ここだけです」

「一応フレキシブルに対応するって言ってるけどさあ、もう十一月のシフトできちゃってんだよね。サブリーダーがこれじゃあ」

「すみません」

「若い子なら仕方ないと思うけど、もういい歳なんだし、しっかりしてよ」

そのとおりだから、由希子は謝った。ひとしきり嫌味を言い終えると、男性社員は気が済んだのか、シフト変更を受け入れてくれた。

昼休み、由希子は微妙に調子の悪い、熱いような気がする胃を気にしながら、札幌駅近辺を歩いた。どこかに入って食事をしようと思うのだが、食べたいものが思い浮かばない。こういうことはよくあった。

こんな時、由希子はファストフード店に入る。面倒がなく、安価で、時間もかからないからだ。最初に目についたファストフード店に入ろうと決め、そうする。ハンバーガーは食べたくなかったので、フライドポテトとドリンクを注文し、席についた。

ファストフード店を利用すると、必ずと言っていいほど思い出す一日がある。五月の日曜日だった。由希子と真理子は大学生で、二人ともその日は家にいた。家族四人が揃っていたのだ。

そんな晴れた日曜の午後、利夫がいきなり言った。

——お父さん、美味《うま》い肉を食わす店を見つけたんだ。今日はそこに連れていってやる。お母さんも夕飯の支度しないでいいぞ。

由希子は驚いた。利夫は食い道楽でも美食家でもない。店を自分で調べるなどということもしない。美味しい肉を食べさせる店を知っているとは思えなかったからだ。

それでも由希子は嬉しかった。家族で外食することなど、絶えて久しかったのだ。元来食欲に乏《とぼ》しい性質とはいえ、そのころはまだ逆流性食道炎を患っておらず、美味い肉と言われればそれなりに期待するところもあった。

夕方五時前、家族は身支度を整え、利夫が運転する車に乗った。ハンドルを握る利夫は上機嫌だった。本当に美味いんだぞ、お父さんびっくりしたと何度も言った。

しかし、着いたところはモスバーガーだった。

駐車場で利夫以外は唖然《あぜん》としていた。真理子はとりわけ失望を隠さなかった。利夫は先頭に立ち店に入っていった。

——ここのホットドッグが美味いんだ。

真理子は恥ずかしがり、しまいに怒りすら見せた。何でも頼んでいいぞと胸を張る利夫に、自分はいらないとそっぽを向いて、何も注文しなかった。母もがっかりしたと容赦なかった。

だが、由希子は父と一緒になって美味しい美味しいとホットドッグを食べた。

ここのホットドッグが美味いんだと、家族に言った利夫の顔が、ちょっと見ないほどに嬉しそうだったから、そうした。家族に美味しいものを安価で食べさせてやれる、一緒に食べられる、そういう喜びの顔だった。

父は家族が喜ぶと思っていたのだ。

だからその期待を裏切れなかった——。

思い出しながら、由希子は注文したフライドポテトをせっせと食べた。ポテトはすぐなくなった。医者からはゆっくり食べろと言われているが、由希子は早食いの癖が治らない。食べ物が目の前にある状態が好きではないのだ。食べなくても死なないのなら食べないだろう。

トレーマットのメニューが目に入る。ホットドッグがあった。

由希子は頼まず、ファストフード店を出た。

アルバイトのオフィスに帰る道すがら、由希子は利夫とホットドッグについて思いを巡らせ続けた。

実は由希子には、一つ密かな望みがあったのだ。一時帰宅した利夫と一緒に、通い慣れたモスバーガーに行くことである。

利夫は美味しいと言って食べた由希子だけを「美味い肉食いに行くか」とその後も誘うようになった。誘われれば由希子は、自室から飛び出してそれに乗った。特に食べたくなくてもそうした。

由希子にとって、大人になってからの利夫との時間は、そのほとんどが二人でのモスバーガー通いと言って良かった。

モスバーガーへの行き帰り、二人は野球のことをよく話した。地元球団のファイターズのこと、高校野球のこと、日本人大リーガーの活躍。利夫は野球が好きだし、由希子も合わせられた。

由希子と二人でホットドッグを食べている時、利夫は慶子の悪口を決して言わなかった。そのうちに由希子は、父が母のいないところで母を悪く言っているのを一度も聞いたことがないと気づいた。

由希子がらみのことでは、慶子の躾に苦言を呈し続けている利夫である。本当は慶子の愚痴だって言いたかったのかもしれない。由希子の仕事や健康、いつまでも結婚をせず実家にいることに対しても、くどくどと説教を垂れたかったのかもしれない。

だが、モスバーガーでの利夫がそれをすることはなかった。

そして、利夫がこうなった今、由希子は未だかつてないほどに、利夫ともう一度ホットドッグを食べたいと思っている。

おそらく利夫も、病院の食事よりもモスバーガーのホットドッグを食べたいと思っているだろうとも思う。

だが——胸に広がる暗雲は刻一刻と厚くなる——父は帰ってこられるのか?

横断歩道の反対側で笑い声がした。信号待ちをしていた若い女の二人連れだった。友人同士なのか姉妹なのかは分からない。由希子はふと、愛美のことを思い出した。由希子が予想したとおり、あれから愛美との交流は絶えてしまった。

『この間は言いづらいことを言ってくれてありがとう』

あれから一度だけ投稿したこのメッセージは、まだ未読だった。

由希子が帰宅すると、フクスケが玄関で待っていた。フクスケは由希子の手のにおいを嗅ぎ、ふいと顔を背けた。由希子がリビングに向かっても、フクスケは上がり框《かまち》に陣取ったまま後をついてこず、じっと誰かを待ち続けていた。

家の電気はついていなかったので、まだ慶子が帰っていないのかと思いきや、何をするでもなくソファに座っていたので由希子は心臓を飛び上がらせた。慶子は由希子を振り返って「もうこんな時間」と呟いた。

言葉として伝えられずとも、今日の利夫の状態の悪さが知れた。

家族が死に至る病に罹るというのは、こういうことなのか。

由希子はひしひしと実感した。

簡単な夕食を二人で食べながら、由希子はアルバイトのシフトを減らしたことを、慶子に事後報告した。慶子は老いた目に心配そうな色をひっそりと浮かべたが、瞬きののちにそれは許容されて消えた。

「お父さん、今日は三十八度七分あった。辛そうで、痛みもある。今日はデイルームには行かずに、ベッドで話をした。トイレに行くのも辛そうだった。冷蔵庫のアイスを出しても、食べなかった。お母さんからも頼んで、痛み止めをもっと強い薬にしてもらった」

慶子は残した夕食を前に箸を置いて、柔らかく脂肪のついた背を丸めて、そう報告した。

「まだ、モルヒネではないんだけど、楽になるならもう使ってもらったほうがいいのかもしれない」

今度は弱オピオイドという分類の薬を使うようだが、どの程度効くのだろう。由希子は処方薬が効くことを祈るしかできない。

「転院のことはどうなったの?」

「空きがないのは変わらないって。いつ空くとも言えない、それは患者が一人死ぬことだから、いつそうなるという予測は立てられないって、先方の担当者から言われたそうよ」

それはそのとおりだ。由希子は頷いた。

それにしても、病状の進行が急ではないか。

それがんは死ぬまでに時間がある病ではなかったのか? 腹水を抜いたのが悪かったのか? それとも他の理由か? 由希子に分かるはずもない。何もできないまま、どんどん悪くなっていくのを、家族は手をこまねいて見ているしかできない。

この日、いつもの時間になっても電話は来なかった。

電話で利夫は終始一貫して心配するなと言い続けてきた。毎晩決まった時間に電話をよこすのも、電話できるくらい元気だ、というアピールに違いなかった。電話をしなくなれば、電話をする元気がなくなったのではと家族が心配する、それを利夫は恐れている。だから無理をしても電話を続け、心配する必要はないという嘘を吐き続けてきた。

利夫はついにそれもできなくなったのだ。

午後八時になった。慶子が言った。

「今日はもう電話来ないね」

由希子は慶子の顔を見た。ソファの慶子もこちらを見ていた。慶子は口を開けて息を吸った。呼吸音が聞こえた。

「お母さん、昨夜からずっとあんたの言ったことを考えていたんだけど」慶子の声は微かに震えていて、中身が少なくなったチューブの残りを懸命に絞り出すみたいだった。

「女の人が好きだと言ったら、お母さんが悲しむと気を回してるの?」

気の重い話題を蒸し返され、由希子はうんざりとなった。「違うよ」

「お母さん、ちゃんと理解あるわよ。テレビで見るそういうタレントも、差別の目で見たことないわ」

「違うんだよね。相手の問題じゃない感じ」

「どういうことよ」

これ以上説明しても、きっと実りはない。それでも説明を続けなければならないのか。由希子は苛立ちながら途方に暮れる。

「カレーが好きじゃないならラーメンが好きなんでしょ、みたいなことじゃないんだよね」

「どちらも同じくらい好きで選べない、じゃないの?　選択肢に別の料理があったらどうなの?　普通のカレーならいらないけど、世界一美味しいカレーなら食べたいんじゃない?」

「全部違う。人はご飯を食べるはず、という概念自体がないというか」

「あんた……ご飯いらないの?」

由希子は大きく頷いた。「そう、それ。ご飯いらないの。お腹も空《す》かない。食べたいと思わない」

するとと、慶子は放心したようにソファの背もたれにだぶついた体を預けた。

「人は必ず誰かを好きになるものでしょうよ。その人の……性的指向っていうの？　それによって相手はいろいろかもしれないけれど、そう思うこと自体がないなんて……そんなのおかしい。異常だわよ。お父さんに何て言ったらいいの。とても言えない」

異常。

由希子は唖然とした。

差別していないと言った口で、異常という言葉が出る矛盾。だが、次に思い至る。これを言わせたのは自分だと。

自分が母にひどいことを言わせたのだ。由希子は自分の非を受け入れた。

「由希子、可哀想に」

やがて、慶子は静かに泣き出した。

由希子はその姿を見つめた。母親は強い人だった。泣くのを見たことがなかった。利夫とどんな喧嘩をしても、慶子は泣きはしなかった。

この人は、こんなことで泣くのか。

そう思った瞬間、今までの様々なこと——どうしても進まない恋愛小説のこと、愛美とのチャット、真理子とスターバックスで話をしたこと、横井のメール、川崎の最後の言葉、同人活動のこと、そして父の病状——由希子を波立たせてきたすべてが急に鎮《しず》まったのだった。由希子はあらゆることから切り離されて、凪の海に佇んでいるような錯覚を覚えた。

凪の海で、由希子はたった一人だ。他に誰もいない。これから先もだ。空からも陸地からも水底からも、わんわんと声らしき何かが響いてはくる。だが自分には決して触れない。

静止した海に一匹で棲《す》む、珍奇な獣。

由希子は唐突に、今眼前に広がった凪の景色を書き残したくてたまらなくなった。

何かを書くなら、自分が棲息《せいそく》する、色のない海を書きたい。

世界中がみっともないと嘲笑《あざわら》うこの静けさを言葉にしたい。

異世界はここにあった。

デビュー作に打ち込んでいた時とは異なる熱情が、由希子の内側に音もなく湧いた。

「ごめんね、お母さん」

由希子は胸を張って謝罪し、ぐずぐずと洟《はな》をすする慶子に、ティッシュの箱を差し出した。

それから自室のパソコンを立ち上げ、文章ソフトを起動させて、文字を打ち込み始めた。

横井はこの世界でも面白がってくれるだろうか。面白がってくれたらいいが、きっと無理だ。

こんなのは誰も望んでいない。でも誰も面白がらないとしても、これだけは書きたい。この凪を書けるのは、きっと私しかいない。

タイピングしながら、川崎の言葉が思い出された。

——引退して何年も経ってるんだろ。

あの日かけられた中で、ショックだったのはあの言葉だけだ。川崎との付き合いが終わることよりも、人の心が分からないとなじられたことよりもだ。

――書こうと思うのがまず私やその辺の人とは違うんだよ。

真理子だけは分かってくれていた。辛くても求められなくても、二次創作だろうと、書くことだけは止められない。これしかないけれど、これだけはあるもの。

由希子は寝ずにキーを叩き続けた。

16

利夫のことがある。自分が倒れてはいけない。今だけは。昨夜もろくに眠れなかった。だから今晩こそ寝なくては、寝なくては……。

だが、慶子はまんじりともせずに朝を迎えた。

原因ははっきりしている。利夫のことも心配だが、何より由希子だ。

うっすら想像していた『最悪のケース』よりも、理解できないことを由希子は言った。ものを食べずに暮らしている人間なんて、考えたこともなかったのに、自分の娘がそうだと言う。朝になってもあれは何かの言い訳ではないか、男に相手にされないのが恥ずかしいがために意地を張っているのではないかという思いが、慶子からは消えなかった。

以前は結婚する気はあるというような態度だってとっていた。羨ましいとか焦るとかいうような。あれは嘘だったのか。

娘の前で泣いてしまったこともショックだった。今まで、どんなことがあっても、利夫に暴言を吐かれても、子どもの前では泣くまいと耐えてきたのに。

慶子は気分の悪さを堪えてベッドから起き上がった。暦はじきに十一月に入る。部屋は暗くて寒かった。朝はもう、ストーブを焚《た》かなければ動き出せない気温にまで下がる。侘しい。冬に向かう季節というのは、どうしてこんなに人を落ち込ませるのか。

リビングで寝ていたフクスケが、尻尾を振って慶子を迎えた。

程なく起きてきた由希子は、昨夜のことには触れなかった。目の下にはどす黒いクマもあった。由希子もまた眠れぬ夜を過ごしたのは知っていた。ベッドで寝返りを打ちながら、慶子は二度トイレに起きたのだが、その時二度とも由希子の部屋の電気がついていたのだ。

由希子は意外なまでに明るく、「おはよう」と言った。

どうしてだか分からないが、由希子はやつれながらも、普段より笑顔だった。

そんな由希子から「嘘を言った」「誇張しただけ」「心配かけてごめんなさい」「やっぱり結婚のことを考えてみる」などと言ってこないか――慶子は期待を隠して待った。しかし、それは砕かれた。慶子と由希子はよくぶつかるが、険悪な空気が一日以上続くことはなかった。由希子は諍いをした際、先に折れるタイプだ。悪いと思っているか否かにかかわらず、諍いの空気を引きずることを嫌がる。親の脛《すね》を齧って同居させてもらっているという遠慮から、譲歩を選択するのかもしれないが、とにかくこの朝はそうではなかった。

車のエンジンをかけてから、由希子は出勤してしまった。

今朝折れないのなら、今後もない。つまりあれは、由希子にとって折れられることではないのだ。

あれは、娘なりに誠意を尽くして事実を打ち明けてくれたのだと、慶子は理解した。焦りや羨望をみっともなくも表明して、結婚する気はあるような態度を取っていたのは、由希子なりの処世だったのかもしれない。確かにそういう態度が見られれば、その気はあるのだと慶子は安心できたのだ。

悲しみが胸をえぐる。

人が当たり前に感じて経験することを、自分にはあり得ないことと、悲しがりもせず言い切ってしまえる、その大いなる欠落。まさか由希子を産んだ時は、こんな娘に育つとは思っていなかった。利夫もだろう。だから慶子は由希子に感じた失望を、もう一人の親である利夫とシェアしようとは思わなかった。自分の感じた絶望を、今の利夫に味わわせるわけにはいかない。

しかし、最も慶子を落ち込ませていたのは、己の言葉だったのだ。

——異常だわよ。

とんでもないことを口にしてしまった。

それにしても、今朝のあの子の明るさはなんだったのか。いつのころからか、あの子に付き纏っていた鬱屈《うっくつ》した雰囲気、敗残者のような暗さが、どういうわけか薄らいでいた。

あれもあの子流の気遣いなのか？　親を傷つけた自覚があるから？

慶子はリビングの窓から駅へ向かう由希子の後ろ姿を眺めながら、考え込んだ。

フクスケが濡れた鼻を足に押し付けてきた。


十一月に入った。

「椎名さん、もうお一人でおトイレ行けていません」

昨日の夕方から、トイレに行く時はナースコールで知らせてくるのだと、慶子はナースステーション前で聞いた。教えてくれた若い女性看護師の口ぶりは少しつっけんどんで、まるで忙しい中いちいち呼ばれて面倒だと、言外に訴えられているようだった。

慶子は恐縮しつつ悲しくなった。庄司は休みだった。庄司でもこんなふうに迷惑がるのだろうか。それはここが、急性期病院だからか。

熱は三十九度まで上がっていた。利夫は慶子が来ても膝を立てた姿勢でベッドに横たわったままだった。手は膨れた腹に当てられていた。苦しいようだった。中の水さえ抜いてもらえればと今もそれを望みと縋っているのだろうか。

「来たのか」

薄目を開けて慶子を認めた利夫は、鬱陶《うっとう》しそうに顔を顰めた。

「お父さん、苦しいの？　さすろうか」

「病室で話すのは迷惑だ。早く帰れ」

それだけを言うと、利夫は目をつぶった。熱で顔が少し赤い。慶子は枕辺の椅子に座り、利夫の足に触れた。膝を立てていると足がだるくなるのではと思ったからだ。

「お父さん、痛い？　腰が痛いの？」

利夫は目をつぶりながら頷いた。

「薬、飲んだ？」

これにも頷いた。飲んだのに効いていないということだ。替えてもらったというのに。

「薬、もっと強いのに替えてもらう？」

六人部屋の中、利夫が最も重篤だということは、もはや否定し難い事実だった。他の病床にいる患者は、こちらに目を向け気にする余裕がある。だが慶子にはそれを羨む暇もなかった。どうしてこんなことに、こんなに急にという思いでいっぱいで、ともすれば叫び出しそうになる。

腹水を取れば衰弱すると奥村医師が言っていた。あれが悪かったのか。腹水を抜かずに、十リットルも二十リットルも溜め込む苦しみに耐えれば、熱も出ず、まだ一人でトイレにも行けたのか。

「お父さん、個室に移らない？」

慶子は利夫の耳に顔を近づけ、そう提案した。利夫の瞼がパクリと割れて、濁った目が覗いた。

「あ？」

「個室はトイレがついているのよ。気兼ねせずに話すこともできるわよ」

「行かねえ」利夫は頑固だった。「個室は、あれは、死ぬ人間が行くところだ」

慶子は言葉を失った。少し前までは、余命宣告のほうが疑わしく思えるほどに、利夫と死の間には距離があったのに、今は両者はべったり一体化している。なのに当の本人は、違うと言い張っている。

馬鹿なこと言わないで。もうすぐ死ぬんだから、大人しく個室に移動しましょう——そんな鬼畜のような発言ができるわけもなかった。慶子は途方に暮れながら「分かった、そうだね、お父さん」と同調した。

十分ほど足をさすったところで、利夫は「帰れ」と言った。

「ここは病室だ」

「うん、分かった。お父さん、また来るね」

もちろん慶子は帰らなかった。まずはナースステーションへ行き、薬が効いていない、もっと強い痛み止めにしてほしいと訴えた。楽になるのなら、もうモルヒネを使っていいのではないかとも言ってみた。とにかく利夫の苦痛を取り除いてほしかったのだ。しかし、色好《よ》い反応は得られず、薬の切り替えは奥村医師の判断になると突っぱねられてしまった。

担当医が不要と判断する限り、患者はずっと苦痛に耐えなければならないらしい。どうすればいいのか。

慶子はデイルームにじっと座りながら、病室のほうへ耳をそばだて続けた。無論、音など聞こえるわけもないが、利夫がもしトイレに行きたくなったなら、自分が介助したいと思った。ナースコールをしたら、きっとあの若い看護師を苛つかせてしまう。世話になる医療スタッフへの利夫の心証を悪くしたくなかった。

慶子は五分もおかず、よたよたと病室を見に行った。

昼前に覗いた時、利夫は若い看護師の介助を受け、車椅子に移るところだった。慶子が手伝おうとするも、つっけんどんな彼女は、特に何もやらせてはくれなかった。慶子はただ金魚の糞《ふん》のように、トイレに行き、帰る二人について歩いた。

「呼ぶなら呼んでくれて構いませんよ」

ナースステーションへ帰る時、看護師はそう言った。口調はやはりつっけんどんだった。忙しいところに呼びつけられてイライラしているのではなく、もしかしたら、これがこの看護師の平常なのかもしれなかった。

では、このままでいいのか。慶子はベッドの利夫を見た。トイレに行って帰ってきただけで、利夫は先ほどよりも辛そうだ。腹水をコントロールする利尿剤も出ている。こんな人頼みのトイレを、一日に何度するのか。

「あの、すみません」病室を出たところで、慶子は看護師を呼び止めて言った。「オムツをしたらどうかと思うんです」

看護師の眉がピクリと動いた。「オムツ?」

「主人も移動が大変そうですし、そのたびにナースコールというのも、看護師さんたちもご迷惑じゃないかと思って」

「オムツは病院が用意するものじゃないんですよ」

つっけんどんな口調が、やや変わった。連絡事項を言い放つのではなく、無知な人間に教え諭すかのようになった。

「必要だと思われるのでしたら、ご家族が買って用意してください。院内の売店に売っていますから」

看護師はすたすたと歩き去った。

間違ったことは言っていないのだろう。病院の決まりに則《のっと》って、それを慶子に伝えてくれたにすぎない。

分かっているのに、慶子は突き放されたと感じてしまった。

彼女がナースステーションに入っていくのを見届け、慶子はのろのろと歩き出した。そして、言われたとおり院内ローソンへ行き、大人用の紙オムツを買った。

「お父さん、オムツしようか」慶子は提案してみた。「いちいちトイレに行かなくて良くなるわよ。そのほうがお父さんも楽でしょう?」

利夫はすぐさま苛立ちをあらわにした。

「そんなもの、いらん」

圧倒的な拒否に、慶子は買ってきた紙オムツを抱えて頷くしかなかった。あのプライドの高い利夫が、オムツをつけるなどという屈辱を受け入れるはずがなかった。

慶子はそれをロッカーに入れ、看護師にありかだけを伝えた。

夕方まで慶子はデイルームで粘った。奥村医師は現在の薬を一部増量したが、利夫の痛みは良くならず、熱も下がらなかった。退院なんて夢のまた夢だ。

「お父さん。明日もまた来るわね。三日はね、由希子と真理子が来るって」

後ろ髪を引かれながら言うと、利夫は頷いた。

本来なら、十一月三日は咲良と隼人のピアノ発表会だった。行けると思うと、本人も乗り気の返答をしたのが、今となっては恨めしかった。

慶子はこの日、帰途にバスを使わず、病院のエントランスからタクシーに乗った。

タクシーは退院の日に利夫と二人で乗った時と同じルートを走った。あの日はまだ暖かかった。今日はもう冬を感じさせる。街路樹は葉を落とし、寒々しい姿に変わった。鳥が空を横切る。ツグミだ。

きっともう、利夫は家には帰ってこられまい。

慶子は入院前に利夫に止められていた親戚への連絡をすることを決めた。


利夫の妹の芳枝との通話を終えると、慶子はソファにぐったりと沈み込んだ。

芳枝との会話はいつも疲れる。自分の弟妹に利夫の状態を伝えるのとは異なるストレスが芳枝相手だと生まれる。芳枝もきっとそうなのだろう。芳枝は娘二人には気さくな叔母だが、慶子相手には辛辣《しんらつ》な面を見せることがあった。

——なんでもっと早く教えてくれなかったの。

話している時間のほとんどはなじられていた気がする慶子だ。それでも、利夫の意を汲み黙っていたことも、今日独断で連絡をとったことも、どちらも慶子は後悔していなかった。

由希子は早い帰宅だった。業務が終わるとすぐさま退勤したらしい。剝《む》き出しの耳が赤い。日が落ちてずいぶん冷えているようだ。

「夕ご飯手伝うよ」

にこやかに由希子は言った。

「助かるわ」

「お母さん、病院に行って疲れているでしょ」

由希子はあの翌朝からずっと寝不足の顔だ。夜中にトイレに起きれば、部屋から漏れる灯《あか》りを見る。夜遅くまで何かをしているらしい。そして、どうしてかよく笑うようになった。

父親が死にそうで、母親とはデリケートな話題で決定的な溝を作った娘とは思えなかった。

「いいことでもあったの?」

「あったらいいのにね」

そんな言葉を使い、温和に微笑みながら由希子は否定した。

利夫からの電話はあの日以来途絶えた。

やはり、もう来ることはないのだろうと、慶子は静かに受け止めた。

風呂を済ませてリビングに戻ると、由希子はリビングから出て部屋にこもってしまった。

慶子は眠気を探りながら、リビングに置いた小さな本棚に、何の気なしに目をやった。

『異世界《ノルダール》の救世主に抜擢されたわけだけど、上司の女子中学生が教え子だった件』が一冊入っていた。

慶子はそれを手にした。

刊行された時、読もうとしたものの、三十ページくらいで断念したのだった。こんなのを今の若者は面白がるのだろうかと、自分が異邦人と化した気分になった。実際は、読者層の若者らにとっても面白くはなかったようだ。

文庫本のページを繰る。老眼鏡をかけても、文字が小さくて読みづらかった。内容も頭に入ってこない。疑問が次々に湧く。日本人の中学生がなぜ魔法を使っているのか。この異世界はどこにあるのか。どういうシステムで彼らは世界を行き来しているのか。どうして言語が通じるのか……。以前断念したところをようやく過ぎても、気分は乗らなかった。お経を読んだほうがきっとはるかに退屈しないと思いながら、慶子は米俵の米を一粒ずつ数えるみたいにして、由希子の小説を読んだ。

読みながら慶子は思った。

もし、この本を当たり前に面白いと皆が口を揃える世界があるとしたら、自分にはひどく生きづらいだろう。面白いから読め、買え、この面白さが分からないなんて人生損していると言われても、途方に暮れてしまう。

もしかしたら由希子は、ずっとこんな途方の暮れ方をしてきたのかもしれない。

良いところも探した。一つだけ、主役の教師と相手役の女子中学生の関係性は、微笑ましくも応援したくなるものがあった。恋人、友達、仲間、相棒、家族、それらすべてに似ているところがあり、必ずどこかが違う。ジグソーパズルのピースみたいだった。どれも似たような形をしているのに、嵌《は》まらない。無理に嵌め込めばどちらも歪んで壊れるフォルム。

物音がした。はっと時計を見ると、午前二時である。

ガウンを羽織った由希子がリビングのドアを開けた。

「びっくりした。どうしたの？」

それはお互い様だとは、慶子は返さなかった。由希子は手をストレッチするように、握ったり開いたりを繰り返していた。

「お母さん、それ読んでくれたの？」

「まだ半分」

「そっか。無理して読まなくていいよ」

「お母さんには難しいみたいね、これ」

「面白くないでしょ？」

「そうね、ごめんね。あんたの小説、面白くないわ」

由希子は笑った。「ひどいな」

「でも、この間、あんたの言ったことが、少し分かった気がしたわよ」

いっそう、由希子は笑った。「またまた」

「ごめんね。あの夜お母さん、言ってはいけないことを言ったわ」

何のことだと問い返されたら、自分の暴言を再び口にしなければなるまい――しかし由希子には伝わったようだ。頷く顔から微笑みは去らなかった。

「気にしていない」

「そう。あんたこそ、本当にいいことがあったんじゃないの？」

ひょろ長い体の上に乗った頭が、今度は横に振られた。「いいことはなくてもいい。いや、もっとずっと前からあったのかな」

どういうことかはさっぱりだった。

だが、由希子が笑っていること自体は、それこそ良いことだと思った。たとえ、利夫が死にかけているとしてもだ。辛気臭い顔で、自分の不幸を嘆いているみたいな状態よりはよほどいい。

「お母さん。心配かけてごめん。私こう見えても、まあまあ幸せだよ」

由希子はリビングを出ていった。

慶子は途中まで読んだ本に栞《しおり》を入れず、本棚にしまって、遅い就寝をした。

17

十一月三日、真理子は早起きをして身支度を整えた。

本当ならばこの日は、咲良と隼人のピアノ発表会の日だった。

大好きなじいじが、今年は聴きに来られないこと、その理由が体調不良だと知って、二人はすっかり落ち込んでしまった。発表会にも出ないと言い出したのは、わがままに聞こえなかったこともないが、真理子は二人を許した。真理子とて客席で数時間子どものピアノを聴いている気分ではなかった。

慶子からのメールで、利夫が急激に衰弱し、発熱までしていることも知ってしまった。真理子はこれを終末期の熱ではないのかと疑った。こずえの母も死が近くなるにつれ、熱を出すようになったと聞いていた。

見舞いに行く真理子に、夫の広道は背を押してくれた。

「車で送るよ。途中で実家に寄って由希子さんを拾えばいい。咲良と隼人は、俺が見ているから」

午前九時過ぎに、まずは由希子を迎えに行く。

由希子はいつもよりも柔らかな化粧をしているように見えた。先日会った時と比べて、どことなく雰囲気も違う。余計な力が抜けて楽になったように見えた。

ただ、寝不足なのか、化粧では隠しきれない濃いクマがあった。

由希子は大きなトートバッグを肩に下げ、広道の車に乗り込んだ。

トートバッグにはタブレットが入っていた。

「タブレット持ってたんだ?」

「うん。スマホよりネットが見やすくて便利だからね。もう老眼来てるのかも。それよりね」

由希子はふと表情を硬くし、今朝病院から電話があったと言った。

「お父さんから?」

「いや、看護師さんから」

「なんて?」

「お父さん、今日は見舞いに来ないでほしいって言ってるって」

真理子は驚いた。「どうして?」

「看護師さんが言うには、来られてもこんな体じゃ相手をしてやれないからだって」

父が自分の体のことを「こんな体」と卑下するように言ったことに、真理子はショックを受けた。

「迎えに来てもらってから言うのも何だけど、どうする?」

「由希姉はどうするつもりなの?」

「そんなこと言われたら心配すぎて、行くしかないと思ったから、真理子に伝えなかった」

「だよね」

自分が姉でも同じ判断をしただろう。調子が悪いから来るなという言葉に従っていたら、もう二度と会えないかもしれない。この後、良くなる保証はないのだ。

それにしても、ここ数日でまた悪くなった。告知以降、状態が一足飛びに悪くなることの繰り返しだ。真理子は膝の上で両手を握り合わせた。

「電話をくれたら、帰りもここに迎えに来るから」

そう言い残して、広道はA病院の正面玄関前から去っていった。

真理子と由希子は消化器内科病棟へと向かった。

面会者名簿に記入する由希子の字を、真理子は見つめた。ずっと変わらない姉の字に見えた。

自分の字は自分だけが分かる程度に荒れた。

それからナースステーション内に声をかけ、伝言は聞いたが来院した旨を告げ、利夫の容態を尋ねた。

「椎名さんは今日も熱が高いです。食事もあまり取れていないようですね。今日、お二人は来られないと思っているはずなので、寝ているかもしれません」

アルコール消毒用スプレーで手を消毒し、利夫のいる六人部屋へ向かった。

開いたままの扉から、姉妹は中を覗いた。

利夫は膝を曲げて体を丸め、体の右側を下にして、ちょうど入り口に尻を向ける姿勢で横になっていた。その姿を一目見て、真理子の胃の腑がぎゅっと縮んだ。明らかに何らかの苦しみ、辛さに耐えている姿勢であった。小声で「お父さん」と呼んでみるも、最も遠いベッドの患者が、顔を上げてこちらを睥睨《へいげい》したのみで、利夫は無反応だった。

そこにいるのは、見知っていた父でも、デイルームまで歩いていた父ですらなく、完全に死への通過儀礼としての痛みに苦しむ老人だった。

しかも、その苦痛は取り除かれる気配がないのだ。

オーバーテーブルの上には、シートに入った薬が複数残されていた。

由希子がそれを見て、険しい顔になった。

姉妹二人はすぐにその場を離れ、デイルームへ行った。

「お父さん、もうこの距離を歩けないから、来るなって言ったんだね」

真理子が呟くと、由希子も頷いた。「夕方の電話も、もう来なくなった。二十九日が最後だった」

「あんなお父さん、初めて見たね」

家族に厳しい代わりに自分自身にも厳しい利夫は、自分から体調不良を訴えることはほとんどなく、ひたすらよく食べてよく寝て、体力をつけて治そうとした。真理子はたまに利夫のそういう対処の仕方を、野生動物のようだとも思っていた。

とにもかくにも、多少の体調の悪さならば、利夫は娘の前では意地と見栄を張る。なのにそれができないのは、相当悪いのだ。さらに、いっそうの問題は薬が飲めていないことだった。かといって、点滴や注射で代替する気配もない。

「お父さん、どのくらい痛いんだろう」

真理子はテーブルの丸い天板に言葉を落とした。由希子が細い顎先を指でいじりながらこう言った。

「もうモルヒネしかないなら、それにしてくださいって頼んでみようか」

「そんなことできるの?」

「だって今の薬じゃ、どう見ても鎮痛できてない。何日か前、お母さんもお願いしてるんだけど、その時は聞いてはもらえなかったようなんだよね」

真理子はしばし考えた。なぜ断られたのかは分からないが、肝心の薬も飲めないほど痛がっているのを放置するのは理解に苦しむ。母が頼んで突っぱねられた案件を、娘が頼んで受け入れられるとは考えづらかったが、家族としては見ていられない。

「お母さんの意志をもう一度確認しよう」真理子は携帯電話を取り出した。「お母さんも賛成ですと言えば、今日ならもしかしたら。だってあんなだもの」

公衆電話がある一角で実家にかけると、慶子はすぐに出た。状況を説明し意向を問うと、迷いない答えが返ってきた。

「お父さんが辛くないようにしてほしい。お母さんの望みはそれだけ。お願いね」

それから慶子は、芳枝叔母がそちらに行くかもしれないと言った。

「さっきうちに電話が来て、お見舞いに行くって。だから私も、あんたたちに電話しようと思ってた」

「芳枝叔母ちゃんが?」

真理子は少し嫌な予感を覚えた。

それから姉妹はナースステーションへ行き、一番近くにいた男性看護師を捕まえて、薬の変更を頼み込んだ。

しかし、看護師はうんとは言ってくれなかった。すまなそうな表情を浮かべ、状況をこう説明した。

「担当の奥村先生は、今日お休みなんです。投薬の最終判断は医師になってしまうから、すぐには対応できません」

真理子は訊いた。

「他の先生はいらっしゃらないんですか?」

「担当医の判断になります」

すると、由希子が反駁《はんばく》した。

「奥村先生じゃなかったら判断できないんですか? では、奥村先生が出勤してくるまで、父はあのままなんでしょうか?」

看護師のすまなそうな表情が、困った表情にスライドする。「私どもではどうにも……」

「お願いします、父を診《み》てください」

由希子がいきなり、深く頭を下げた。

「今、痛そうなんです」

立ったままの礼だが、真理子は姉が土下座したかと思った。それほどの気迫を感じた。

真理子も同じように頭を下げた。

「申し訳ありません」

しかし、男性看護師は姉妹を廊下に残して、奥に引っ込んでしまった。

真理子は諦めるつもりはなかった。あの父を残してここを出られない。慶子にも「お願いね」と言われたが、これは、娘として果たすべき使命だと思った。由希子も同じ考えのようだった。

戦闘モードにも似た気配が、姉の細長い体を取り巻いている。

「何とかしないとね」

デイルームに戻って呟いた由希子を、真理子は頼もしく思った。

「そうだね。少し置いてもう一度頼んでみよう」

休日だが、デイルームはあまり人気がなかった。ぽつらぽつらと入院着の患者が面会者と訪れては去っていく。

歩いてデイルームにやってきた患者と面会者を、真理子は無意識にじっと見つめてしまっていた。

彼らに死の影はなかった。彼らは快癒と退院を目指す人々だった。

羨ましいと思った。ついこの間までは、自分たちもあちら側にいた。その時も誰かから、デイルームで会話しているのを羨ましく見つめられていたのかもしれなかった。まったく気づかなかった。

由希子は黙っている。真理子は一度席を立って、サーバーから紙コップに水を汲み、由希子の前に置いた。

「会社にこずえさんっていう同期の友達がいるんだ」

由希子の視線がスッと上がって、真理子を直視した。何を言い出すのかな、という構えた目だった。真理子はそれに微笑んでみせた。

「こずえさんのお母さんもがんだったんだよね。で、亡くなる前に家族写真を撮る時、こずえさん、ウエディングドレス着たんだって。フォトウエディングってやつ？　籍を入れただけで式はしてなかったから。お母さんもすごく喜んだって言ってた」

「そうなんだ。良かったじゃん」

「由希姉はウエディングドレス、興味ないでしょ？」

そう言うと、由希子の表情が思いがけずほぐれた。

「うん、ない。よく分かったね」

「たった一人の妹だからね」

「お父さんには申し訳ないと思ってる。お母さんにも」

「それはいいんじゃないかな。申し訳ないなんて思わなくてもさ。前も言ったけど、お父さんとお母さんのこと、信じてあげていいと思うよ」

「そうだね」

「また、お母さんに何か言われたの？」

紙コップの水を、由希子は一飲みし、バッグからタブレットを取り出した。

「この間、ちょっと話した」

「結婚について？」

「もうちょっと突っ込んだところまで」

「お母さん、何て言った？」

「泣いてた」

さらりと母の涙を告げられ、真理子はいささか動揺した。それだけで、自分と母の関係にはないぶつかり合いをしたのだと分かる。

しかし、由希子は落ち着き払ったまま、こう言った。

「でも、身勝手に聞こえるかもしれないけれど、私は話して良かったよ。お母さんもいつかそう思ってくれるといいんだけど」

「由希姉がそう言うなら、私も良かったと思う」

「真理子が信じてあげていいって言ってくれたから、言えたのかもしれない」

「え、私のおかげ？」

由希子がタブレットにキーボードをつけた、その時だった。

「すいませんけど、椎名さんのご家族の方だよね」

と声をかけられた。

入院着の男性だった。最初に病室を覗いた際こちらを睥睨した患者であった。彼は由希子に言った。

「椎名さん、目が覚めたようだよ」

二人はすぐさま立ち上がって礼を言い、病室へ行った。

教えられたとおり、利夫はうっすらと目を開けていた。右側を下に側臥位《そくがい》の姿勢だったのが、膝を立てて仰臥《ぎょうが》する姿勢に変わっている。

「お父さん」

真理子が呼ぶと、利夫の目がこちらを捉えた。熱を感じさせる赤みを帯びた頬のてっぺんが盛り上がった。利夫は笑った。

「来ないでいいって、言ったのに。病院から電話、なかったか?」

弱い声だった。

「聞いたよ。看護師さんから電話来た」

由希子がすぐさま答えた。真理子も続いた。

「でも来ちゃった。ごめんね」

「……すまんな」利夫は息を吐きながら言った。「お父さん、こんな体だから、相手ができねえわ。冷蔵庫に、アイスあるみたいだから、食ってけや」

「そんなこといいんだよ。顔だけ見に来たんだからさ」

明るく返しながら、真理子は自分の喉の奥がぐっと詰まる感覚を覚えた。厳しかった父がすまないと謝り、こんな体だからなどと言う。そんなこと、どんなにか言いたくなかっただろうと思うと、悲しくなった。

「私たちの相手なんてしないでいいよ」

「そうそう、寝ててよ。うちらも静かにしてるし。鬱陶しかったら言って、すぐ帰るから」

真理子は備え付けの丸椅子を引き寄せ、腰掛けた。由希子は利夫にも隣の患者にも邪魔にならないベッドの片隅に座る。

利夫はすぐに黙った。虚勢を張るのも限界だったようだ。真理子は利夫の呼吸を数えた。利夫の呼吸は速かった。手は右の脇腹をさすっている。

利夫の顔を見つめていた由希子が、いったんはバッグの中にしまったタブレットを取り出した。キーボードがセットされたそれを、膝の上に乗せる。

「それ、どうするの？　由希姉」

こんなところでネットだろうか、病気や薬について何か調べるのか。朝の薬はまだ、オーバーテーブルに残されている。

「お父さん、どこか苦しいところはある？」

訊けば、利夫は弱い声で「足がだるい」と答えたので、真理子は足をさすった。由希子は静かにキーを叩き出した。とても大人しい打鍵音だった。

画面を見たわけではない。だがその打鍵音を聞いて真理子は、姉は何かを調べているのではなく、小説を書いているのだと直感した。それも、今まで書いてきたものとは毛色の違うもの。もし趣味の同人小説なら、姉は父の病室では絶対に書かない。どんなに書きたくても一人きりになるまで我慢するはずだ。仕事の依頼でもない。姉は締め切りを抱えていない。

病状の悪い父の病室でも書かずにはいられない、それほどの物語を、姉は見つけたのだ。父が死に向かう中で、おそらくは母と諍いをした果てに。

ゆっくりとした打鍵音は、真理子に雨だれを連想させた。

しばらく姉妹二人は無言でいた。

真理子は一度中座してナースステーションへ行き、薬の変更を再度頼んでみた。代わりの先生でもいいから何とかしてほしいと必死で頭を下げた。しかし、色好い返事はもらえずに病室へと戻った。

老い枯れた足をさすっていると、利夫が薄く目を開けた。真理子とは視線が合わなかった。利夫はキーボードを叩く由希子を見た。

高熱に喘いでいるにもかかわらず、由希子を見る利夫の目には、物の価値を見定めるような厳しさが見受けられた。

「由希子、何してるんだ?」

打鍵音が止んだ。

「大したことじゃない。ごめん、しまうね」

「いや」利夫はそれを制した。「止めなくていい」

それからまたひとときマッサージを受けた後、今度は真理子に言った。

「なんか、書くもの、買ってきてくれるか」

「ペン持っているから貸すよ。どうするの?」

「持ってきたのが、書けなくなったんだ」

真理子は手持ちのペンを渡した。何の変哲もない、ペン後部のラバーで擦《こす》れば消すこともできるものだ。

利夫はそれを受け取り、「おまえら、もう帰れ」と呟いた。真理子が腕時計に目を落とした。病室に入ってから二十分ほど経っていた。昼食の時間までには、もう少しある。

「分かった」

そう言って立ち上がろうとした時、ふいに、甘やかな香水の匂いが漂ってきた。不快なほど強くはないが、院内では明らかに場違いな香りに真理子が振り向くと、病室の入り口に叔母の芳枝がいた。

「お兄ちゃん」

茶色い髪を銀座のママのようにセットし、ハイブランドのスーツに身を包んだ芳枝は、利夫の枕辺にしゃがみ込んだ。

利夫がちっと舌を打った。「お母さん、教えたのか」

「お兄ちゃん、ごめんなあ。入院してたの知らなかった。慶子さんが教えてくれなかったもんだから」

利夫は吐息と共に「俺が言うなと言ったんだ」と言った。

「なんでよ。私がうるさいからか？　おしゃべりだからか？　なあ、由希子ちゃん、真理子ちゃん。久しぶり。元気してたか？」

由希子と真理子は芳枝に挨拶をした。

芳枝は親族の中でも異質な人だと、真理子は思っている。石橋を叩いても渡りたがらないタイプの利夫とは違い、芳枝は向こう岸に欲しいものがあれば朽ちかけた丸木橋でも渡る。しかも着飾った上で見物客に札を撒《ま》きながら渡る。節約よりも浪費の生活を楽しむ。だが江戸っ子のような気風《きっぷ》の良さと、芸人を思わせるおしゃべりの巧《うま》さも持ち合わせていて、芳枝がいると笑いが生まれることもある。

芳枝は利夫に労りの言葉をかけた。

「お兄ちゃん、私が来たから大丈夫だ。病気だって私の顔見たら逃げてくから」

真理子と由希子は笑わなかったが、利夫は苦笑した。

「うるせえから、おまえも帰れ。二人も、もう帰るんだ」

「またそんなこと言う。由希子ちゃんと真理子ちゃんは、こんなお父さんのお見舞いに来て偉いわぁ」

なんとなく、退室する機を逸してしまった。由希子もタブレットをバッグにしまい、真理子と共に利夫の足をさすり始める。

芳枝は姦《かしま》しかった。大声を出しているわけではないが、彼女はもはや存在が姦しいのだった。何より香水臭い。

「真理子ちゃん、子ども元気?」

「ええ、お陰様で」

「由希子ちゃんは、元気でやってるの?」

「はい」

そこで由希子が病室を出ていった。トイレに行ったのだろうと真理子は思った。由希子が戻ってきたら自分も行こうかと膀胱《ぼうこう》の機嫌を伺っていると、芳枝があけすけに言った。

「由希子ちゃんって、結婚しないの?」

真理子は利夫の足をマッサージする手を思わず止めてしまった。

利夫は反応しなかった。

「お兄ちゃんだって、お嫁さんになった由希子ちゃん、見たいべ? 見たら病気なんて吹っ飛んで元気出るよ。由希子ちゃん、幾つになったんだっけ」芳枝の姦しい語り口が続いた。「アルバイトしてるんだっけ? 若くもないのにさあ。結婚してもらわないとお兄ちゃんも心配じゃないのさ。わがままなのかねえ。おばちゃんが勧める縁談を受けていたらね。でも、相手が初婚でなくてもいいなら、まとまるかもしれないよ。奥さん亡くして、将来誰に介護してもらおうかって困ってる男の人もいるんだから」

由希子は程なく戻った。真理子に何か言いたそうな目をしている。利夫が「少し寝るから、帰れ」と言った。姉妹は叔母を宥《なだ》めすかして廊下に出た。

「さっきの男性看護師さん、奥村先生に連絡取ってくれたみたいだよ」

芳枝には聞こえないように、由希子が耳打ちをした。

「本当？」

「真理子も頼んでくれたんでしょ。さっき行ったら、連絡取ったって言ってくれた」

廊下は昼食の匂いがしていた。温かくてしょっぱいものの匂いだった。三人はデイルームへ辿り着いた。芳枝も帰らず、真理子たちと一緒にそこに残った。

デイルームのテーブルには、昼食を取る入院患者の姿が、まばらに散っている。

やがて、午前に直訴をした男性看護師が来た。

「今、奥村先生がナースステーションにいらっしゃいました。これから椎名さんの様子を見て、ご本人の希望をお尋ねします」

「先生に連絡取ってくださり、ありがとうございました」

「いえ、良かったですね」

看護師が去ると、芳枝が「希望って何？」と真理子に囁《ささや》いた。鎮痛薬を強いものにしてくれと頼んだと知ると、芳枝の顔が怖くなった。

真理子たちはナースステーションの前で奥村医師を待った。

ややあって奥村医師が出てきた。真理子らは奥村医師と共に病室に引き返した。

利夫は午前に見た時のように、右側をやや下にして、体を丸めていた。昼食は食べた様子はなく、昼の薬もオーバーテーブルの上に残っていた。

奥村医師はゆったりとした感じで利夫のベッドサイドに行くと、上体をやや屈めるようにして利夫に訊いた。

「椎名さん、痛みはありますか？　苦しいですか？」

利夫は目を開け、奥村医師を仰《あお》ぐように見た。乾いた唇が薄く開かれた。

「ああ、苦しいな。痛い」

奥村医師の背越しに利夫を見つめていた真理子は、利夫の返答を聞いて目をつむった。今、まさに転機だったと感じた。苦しい、痛いと、娘二人の前ではっきり告げたこの時、確実に何かが終わった。

「痛みを取るお薬、もっと強いのにしたほうがいいですか？」

「ああ、そうしてくれ」

その日の午後一時半、利夫の右腕に針が刺し込まれ、モルヒネの投与が開始された。

利夫の枕元に、シリンジポンプをセッティングした横長の機械が置かれた。シリンジの中に入っている透明な液体が、モルヒネだと思われた。

モルヒネが入ってようやく、利夫は少し落ち着いたようだった。

ようやく真理子はほっとした。これで帰れる、広道に電話をかけようと思った。

だが、奥村医師に呼び止められた。

「家族説明室へいらしてください。お話があります」

奥村医師に言われるがまま、真理子と由希子、芳枝も家族説明室へ赴き、座った。記録を取る看護師はすでに座っていた。

「先ほどご覧になられたとおり、椎名さんにモルヒネの注入を開始しました。容量は十ミリグラムです」

この十ミリグラムをどう評価するのか、真理子は分からなかった。多いのか少ないのか、それで効くのか。効くなら何ミリだろうといいのだが、とにかく何一つ分からない。

奥村医師だって、ここでディスカッションする気などないだろうとも思った。

「椎名さんですが、僕も最初は胆石の炎症患者かと思いました。それくらい、全身状態が良く見えたんですよね」

話しながら、奥村医師は電子カルテを眺めたり、二人の姉妹と叔母を見たりした。

「でも、ＣＴで膵臓と肝臓に不審な影があるのを発見しました。細胞を取って診断すれば一番確実なんですが、椎名さんは高齢ですし、検査続きでちょっとどうかとなりまして。カンファレンスを重ねて、肺にも影があること、以前胆石を調べた際もＣＴとＭＲＩを撮っているんですが、その時の画像との比較、それから腫瘍マーカーの数値などで、総合的にがん末期と判断しました」

「そうですか」

芳枝が沈んだ声で反応した。由希子は無言でいた。奥村医師は先を続けた。

「今の椎名さんの状態ですが、正直なところ、僕も予想していないほど急激に悪くなっています。

最初の説明の時には余命一年、その後半年と言いましたが、今の状態からすれば、二、三ヶ月だと思います」

真理子はそこで奥村医師の顔を見つめた。どこにでもいるような眼鏡をかけた青年。何の特徴もないような顔からは、感情が読み取れなかった。淡々と事実だけを報告する存在は、時報を思い起こさせた。二、三ヶ月は事実だろうかとも思った。一年も半年も違うとなっての二、三ヶ月。奥村医師は患者の余命を長めに見積もるタイプなのでは。だとすると、実際はどれくらいなのだろう。もう時間など残っていないのでは。
二、三ヶ月はどこまで信じていいのか。
とはいえ、信じないと突っぱねたところで、どうしようもないのも事実だった。また、月単位で時間があるなら、訊いておきたいこともあった。

「モルヒネって、効かなくなったりはしないんですか？」

耐性がつくことを、真理子は気にした。

「薬って長く飲んでいると、体が慣れてきて効かなくなってくると言いますよね。痛みは三ヶ月先でも抑えられるんでしょうか」

「適切に投与すれば、それはまったく気にする必要はないです。また、モルヒネには使用上限もありません。病気の進行につれて痛みも増しますが、薬もそれに応じて増やしていっていいんです。もし、これ以上打ったらまずいというところまで行っても苦痛が取り除かれないようであれば、セデーションといって鎮静剤を投与します」

看護師がキーを叩く音が断続的に室内に響く。外は暗くなってきている。

「鎮静剤を打つと眠りますので、会話が不可能になります。打つ前には必ずご家族に許可を取ります」

最後に言葉を交わす時間をくれるということだろうかと、真理子は考えた。

「モルヒネには呼吸数低下の副作用があります。あと、ご家族の方に確認なんですが、急変時に喉を切開して気道を確保したり、心臓マッサージをしたりなどして延命をするかどうか、確認したいのですが……」

真理子は由希子を見た。由希子も真理子を見た。

「延命してください」

芳枝だった。奥村医師はそれをすぐには受け入れず、姉妹に視線を向けてこう言った。

「お母さんにそうお伝えいただけますか」

配偶者の判断が最優先なのだろう。由希子が答えた。

「明日、母からお答えします」

説明を聞き終わり、姉妹と芳枝は部屋を出た。

部屋を出たあと、芳枝は泣きながら由希子に言った。

「お兄ちゃんに一人前になった姿を見せてあげなさい」

由希子はそれには答えず、また泣きもしなかった。

芳枝は一人でタクシーに乗って帰った。真理子たちは広道に迎えに来てもらい、帰途についた。

車の中で、助手席の真理子は後部座席に座った由希子に尋ねた。

「由希姉は、お父さんに何か言い残したことはない?」

由希子は逆に訊き返してきた。

「真理子は?」

「私は、お父さんの娘として生まれてきて良かった、ありがとうって言いたい」

真理子はフロントガラスの窓枠をくぐるように空を仰いだ。暗かった。日没はまだだったが、すでに暮れていた。西空に灰色の雲が広くかかっていた。雨ではない、もっと冷たいものを孕《はら》んだ色の雲だった。

18

十一月四日の朝は前日よりも冷えた。朝、ゴミを出しに外へ出た由希子は、外気にそっと息を吐いてみた。息ははっきりと白く変わり、ゆっくりと拡散していく。

少し前、大量発生していた雪虫は、消えていた。

由希子の目からも、慶子は憔悴《しょうすい》していた。利夫のことはもちろんだが、責任の一端は、娘の結婚という希望を断った自分にもあるのかもしれない。申し訳ないと頭を下げて撤回する気はないが、できればしばらく休ませてやりたいと思う。だが由希子にはシフトが入っていた。利夫の元には慶子に行ってもらうしかない。延命についても、奥村医師は、慶子の判断を聞きたがっている。

由希子は母のしぶとさ、芯の強さを信頼することにした。

仕事帰りに由希子も病院に寄るつもりだと伝えると、慶子は「そうしてあげて」と微かに笑った。

アルバイト先で由希子は、キーボードを叩きながら、利夫はあとどれくらいなのかを考える。由希子は奥村医師の言った二、三ヶ月という見立てを、あまり信じていなかった。定点での観測であれば正しいのかもしれないが、そこに至るまでのスピードを加味すれば、この先の病態も加速度的に進むと思ったほうがいい。

かといって、どうしようもない。なるようにしかならないと割り切ってもいる。自分がフルマラソンを走れば利夫が回復するというのなら何度でも走るが、そうではないのだから。

――お父さんに何か言い残したことはない？

昨日の車中で真理子に尋ねられた時、由希子は問いを返すことではぐらかした。もちろん伝えたい感謝はある。由希子は利夫に、娘の立場で大きな礼を言ったことがなかった。育ててくれてありがとうというような包括的な礼である。そういった大きな礼を言ったり受けたりする時、人は区切りのタイミングを意識する。嫁ぐとか、それこそ人生の最期とか、そういう区切りをだ。

だが由希子は、利夫が個室を拒否したことを、慶子から聞いている。その際に「個室は死ぬ人間が入る」と言ったことも。

どうやら父はまだ区切りが来ると思っていない。

そんな人間相手に、こちらから区切りの言葉をかけられるのか。それはまるで死刑宣告じゃないのか。


由希子は業務を終えると、変更後のシフトを確認してA病院へ向かった。面会時間は午後七時までだった。少しはそばにいることができる。

慶子からは午前と午後にメールが来ていた。

『お父さん、今日も熱が高い。三十八度九分。痛くて苦しそうにしてる。お昼前にモルヒネ増量されました』

『お父さん、午後に個室に移りました。お母さんは夕食前に家に帰ります。奥村先生と話をして、急変時の延命措置は断りました』

個室に入ったということは、もうデイルームに行って話さなくてはなどと、他の患者を気遣う必要はなくなったのだ。

一方で、部屋の変更を父がどう受け止めたか想像すると、やりきれなくなった。個室は死ぬ人間が入るとあれほど抵抗していたのに。

利夫が入った個室は、以前の六人部屋の二つ隣だった。北に向いた窓、六畳間程度の広さにベッドが一つ、ロッカーなどの物入れ、床頭台。冷蔵庫。入り口近くには洗面所とトイレがある。

ぐったりとベッドに横たわっていた利夫が、薄目を開けた。由希子は普段よりも明るく振る舞うことを心がけ、笑った。

「来たよ。どう？」

「……どうということもねえ」

掠《かす》れた声だった。モルヒネを入れる管は、右腕から前胸部へと変わっていた。顔色はそれほど悪くなかった。もっとはっきりと黄疸《おうだん》が出たりげっそりと痩せたりすれば、末期がん患者らしくなるのだろうと、由希子は思う。腹の膨れ方以外は、利夫は九月と何も変わらなかった。

利夫は痩せる間もなく悪化している。

由希子はベッドサイドの椅子に座り、バッグからタブレットを出した。セットしたキーボードを静かに叩くと、利夫が言った。

「えらい経験をさせてしまうなあ」

内心では、別にそうでもないと返しながら、由希子はそれを口には出さず、笑うだけにとどめた。実際、大したことではないのだ。親が子より先に死ぬのは当たり前だし、死にゆく親に付き添い、看病したり介護したりするのもありふれている。世間のほとんどが、同じことをし、時が過ぎればされる立場になる。由希子の場合、A病院は完全看護だから、むしろ楽をしているほうだろう。

言わなかったのは、利夫を万が一にも失望させたくなかったからだった。無駄にプライドが高い利夫に、こんなことは大したことではないとの言葉を、自分の存在を軽んじる方向に取ってほしくはないと思った。

考えすぎだとしてもだ。

「ねえ、お父さん」

「ああ?」

「お父さんは、最初に一人暮らしした時って、何区に住んだ?」

利夫は何か言ったようだが、答えではなかった。

由希子はまたキーボードを叩き出した。

今紡ぎつつある文章が、作品になる保証はまったくない。日の目を見ることすらないかもしれない。だがそれでいいのだと思い、由希子の口は自然に綻《ほころ》んだ。ここではない別の世界が確かに自分の中にあり、一文字ごとにその一端に触れている。それは冒険みたいなものだった。自分にとってその冒険は、楽しくて止められないことだった。何の約束がなくても、自分しか読むものがいなくても、書きたい。父が明日死ぬとしても、自分が明日死ぬとしても、今キーボードを叩く。

冒険の先に幸せがあるのではない。自分にとっては、冒険することそのものが幸せなのだ――そのことを、デビューを機に忘れてしまっていた気がする。

今、自分が描こうとしている異世界には、珍奇な生き物が浸る海がある。海は、何色でもない。透明で、静まっていて綺麗だ。

――異常だわよ。

――由希子、可哀想に。

意を決して告白した母から憐れまれて、由希子はようやく気づいた。

両親が自分を心配したのも、結婚の圧があれほど強かったのも、私が幸せには見えなかったせいなのだと。

結婚したい、焦っていると言っていたのは、単なる処世術だった。既婚者相手には既婚者の価値観に合わせたほうが何事も面倒がないから、そうしていた。だが、親の前でまで無理にそうする必要はなかったのかもしれない。母は悪くない。勘違いさせていたのは自分だ。

確かに満たされてはいなかった。でもそれは結婚できないせいではなく、根源は小説や自分の生活が上手くいかなかったせいだ。二次創作に逃げる自分を負け犬だと虚しく思っていた。それで、いつもどこかピリピリしていた。

誰に頼まれたわけでもなく、好きで始めた小説なのに。二次創作だって、楽しんでやっているなら上等だったのに。ずっと自分以外の誰か何かからいじめられている気がしていた。

両親にも周りにも、もっと笑って、幸せそうにしていれば良かっただけかもしれない。自分の価値観に沿った望む生き方をして、その結果、上手くいかないのだとしても、価値観に反した望まぬ生き方を強いられるよりはよほどいい。

遅まきながらそう思い至った由希子は、努めて笑うように意識し出したのだった。

利夫が呻《うめ》きながら身を起こした。

「わわっ、大丈夫？　どうしたの？　具合悪い？」由希子は慌ててナースコールのボタンに手を伸ばした。「トイレ？　立てる？」

「いや」

思うようにならないらしい体で、腕を伸ばして利夫が手にしたのは、住所録や葉書が入っている袋だった。それをオーバーテーブルに置き、昨日真理子から借りたペンを手に取った。

「大丈夫？　何か書くの？」

何かをしようとしたらしい利夫だったが、結局諦めて、またベッドに沈んだ。

利夫はまた苦しそうな浅い眠りに入り、由希子はその横で静かにゆっくりと凪の風景を文字に換え続けた。

午後七時になった。

「また来るね」

軽く手を振りながら言うと、利夫は薄く開いた目で暗い天井を見ながら、「もう来なくていいぞ」と呟いた。

面会者名簿に退室時間を記した由希子は、ナースステーション内部に庄司の姿を見つけた。夜勤なのだろう。

「すみません」

庄司はすぐに来てくれた。「どうしましたか？」

「あの、個室に泊まることってできるんでしょうか」

由希子は昨日今日の利夫の様子を見て、転院はもうあり得ないと密かに覚悟を固めた。ホスピスはもう無理だ。間に合わなかった。

「申請していただけたら、付き添いの方のベッドを中に入れることができます」

「分かりました」

いよいよということになったら、申請しようと思った。それも遠くないだろうとも。今週中にしているかもしれない。

家に帰ると、慶子が用意してくれた夕食が冷たくなってテーブルの上にあった。

「明後日ね、巌叔父ちゃんたちがお見舞いに来てくれるって」

慶子の親族たちも、利夫に最後の別れを告げに来るようだった。

19

慶子はカーテンを開けながら、窓の外を眺めた。

晩秋の夜明け前、薄ぼんやりした暗がりの中を、電柱のような細長い娘が車庫に入っていく。

由希子は入院前に利夫に言われた『一日一度は車のエンジンをかける』作業を、今朝もこなす。

車庫に入る前、由希子は慶子に気づいて、小さく笑った。

低いエンジン音が微かに聞こえてきた。慶子はふらふらと階段を上り、利夫の部屋に入った。

利夫のにおいは、まだはっきり残っていた。

かつてテレビ台だったキャビネットのガラス戸を開き、中のアルバムを引き出す。

一番古いアルバムには、由希子が生まれる前に道東を旅行した時の写真が貼られてある。新婚旅行から帰ってきてしばらくして、利夫は短い夏季休暇をとった。その時に行ったのだ。

摩周湖は晴れていて、青い湖がくっきり見えた。

――晴れた摩周湖を見ると結婚できないって言うんだぞ。

利夫はそう言って、手庇《てびさし》を作った。

――よかった、もうあなたと結婚したもの。

――お腹に娘がいたりしてな。

――ちょっと、あなた。

美しい湖を眺める利夫は、おどけたように笑っていた。黙っていればハンサムなのに、無理をして妙なジョークを言っては相手を笑わせようとする利夫のチャーミングさを、慶子は愛した。

――お腹にはまだいないと思うわよ。多分。

――欲しいなあ。慶子との子ども。男の子でも女の子でも。

子どもが欲しいと慶子も思った。利夫との子どもに恵まれたら、どんなに幸せだろう。子どもと利夫と家族で暮らす。二人で子どもを育てる。特別優秀じゃなくてもいい、普通に健康であれば。

――子どもが大きくなったら、また来たいわ。

――その子どもも大きくなって、結婚して、孫ができたら、その時も来ようか。

――あなたがお爺ちゃんになるの?

――慶子だってお婆《ばあ》ちゃんになるんだぞ。

――やだ。あなたがお爺ちゃんなんて、見たくないわよ。今は想像できないわ。

――俺は慶子がお婆ちゃんになったところ、見たい、見たーい。

おどけながら、利夫は青空のように笑った。

――可愛いお婆ちゃんになるに決まってるんだもーん。

湖の水面が輝いていた。


由希子は出がけに「巌叔父ちゃんと康子叔母ちゃんによろしく伝えて」と言った。

十一月六日は、巌と康子という慶子の親族が見舞いに来る予定だった。おそらく利夫とは最後の挨拶になる。遠方に住む巌は、途中で妹の康子を拾って来るとのことだった。

面会開始時間と同時に、慶子は病室を訪れた。

利夫は完全に寝たきり患者になっていた。病室にいた看護師が「お一人でのトイレが難しいので、オムツを当てています」と無感動に言った。

「お父さん、今日は巌さんたちが来るよ」

利夫は枕の上で頷いた。

痛いところはないか、苦しいところはないか、何がしたいか、どうしてほしいか、トイレは行きたくないか。しかしそれらの質問に対して、利夫が望むことはあまりなかった。慶子はひたすら利夫の腹や足をさすった。痛そうで苦しそうではあったが、朝に一段階増やしているからと、モルヒネの増量はしてもらえなかった。使用量に上限はないと説明を受けたはずだが、それでも増量するには段階を踏む必要があるのだろう。ならば、もっと早く投与を開始してもらえたらよかったのだが、すべては今更なのだった。奥村医師がそうする必要がないという判断だったのだ。三日に由希子と真理子が掛け合わなかったら、もっと投与開始が遅れた。

何事も言葉にしなければ伝わらない。

「お父さん。昔、摩周湖に行ったでしょう」

特に返事はなかったが、慶子は続けた。

「あの時ね、私、お父さんがお爺ちゃんになったところは見たくない、なんて言っちゃった」

若かった。あのころは自分も。

「お父さんのお爺ちゃんになった姿、素敵だわよ」

「お母さん」

膨れた腹を撫でていた手を止めて、慶子は訊く。「何？　お父さん」

「ここはなあ……」利夫は弱々しい声で、遠い過去を振り返るように言った。「この部屋はなあ……六時ごろに、明るくなるんだぞ」

「そうなの」

慶子は再び手を動かした。

眠っている人間が夜明けを見ることはない。暗い時分から起きているから、明るくなるのが分かる。利夫は眠れなかったのだ。おそらくは痛みで。

巌夫婦と康子という慶子側の親族が、午前十一時過ぎにやってきた。

彼ら三人は弁《わきま》えていた。ほどほどに明るく、それでいて大人しかった。

「利夫さん、来たよ」

「会えてよかった」

「元気になってよ」

「良さそうな病院じゃない」

「来てくれたのか……。そんな、大したことじゃねえのに」

利夫はベッドに仰臥したままのモルヒネを入れられた状態で、強がりを言った。その強がりに、座は薄く笑った。

最初から長居をしないつもりの三人が、頃合いを見計らい帰りかけた時、病室にもう一人が加わった。芳枝だった。

「お兄ちゃんの顔が見たくなって」

芳枝は他の親族の存在を気にしなかった。芳枝は人を惹《ひ》き込む天性の魅力がある。挨拶をしただけで、巌たちは芳枝を受け入れたようだった。巌らより芳枝のほうが、親族として利夫本人に近くもあった。

来客用の丸い座面の椅子を、芳枝は利夫の顔のすぐそばに寄せて座り、兄妹の昔話から利夫がどんなに優しく強い兄だったかということを、自慢のように話し始めた。ホラも混じっていそうな誇張表現もあったが、とにかく語り口が軽妙で、病室は和んだ。慶子も利夫もいくらか笑えた。

利夫が笑ったのを見て、芳枝は嬉しそうだった。

「お兄ちゃん、頑張ってよ。まだまだ長生きしなきゃ。な?」

ふいに慶子は、病室の天井を大きな影が横切ったように思った。それは予感だった。何らかの発言を、今これから芳枝はする。

「由希子ちゃんの花嫁姿、見てやらなきゃならんでしょ。真理子ちゃんの娘さんの花嫁姿も。な?」

同意を求めるような呼びかけは、最初利夫に向けられ、次に慶子に向けられた。

「慶子さん、ちゃんと由希子ちゃんを急かしてる? 周りがうるさく言わないと腰を上げないのもいるんだから。こういうのは親がちゃんとしないと。な?」

深刻さはまったくない、どちらかといえば笑いを誘う口調だった。軽い冗談だと取ろうと思えば取れた。実際、巌夫婦と康子は笑っていた。

面会は急ぎ足だった。それからまもなく、巌らと芳枝は共に病室を出た。巌らはおよそ二十分、芳枝は十分もいなかった。

病室を出た彼らを見送るため、慶子はエレベーターホールまで三人と同行した。康子がそこで少し涙ぐんだので、慶子が寄り添った時だった。

「慶子さんの育て方が悪かったんじゃないの」

芳枝の声だった。芳枝は慶子と慶子の親族から若干の距離を置いて立っていた。

芳枝も小さい目から涙を流していた。

「娘の花嫁姿も見られずに逝くなんて、お兄ちゃんが可哀想。女親がしっかり躾けなかったから、あんな中年になっても家にいる子になったんだ」

巌らは押し黙った。芳枝は悔しげに続けた。

「ちゃんとしたところで働けもせず、ろくに稼げず、何もできない。作家の真似事したはいいけど、石井ゆきなんて名前、私の周りじゃ誰も知らない。売れてもいない。賞を取るでもない。えらい作家先生なんかじゃ全然ない、売れなくて認められもしなかったんなら、何のために書いてたんだ？　つまらない本なんか出して、世間に恥を晒しただけじゃないか。そんなのただの出来損ないだ。行かず後家の穀潰《ごくつぶ》しだ。引っ叩《ぱた》いてもちゃんとした道に親が進ませなきゃならなかったんだ。そうしたら、お兄ちゃんだって……」

「いい加減にして」

気づけば慶子は怒鳴っていた。

「それ以上、由希子を侮辱しないで」

エレベーターが来た。チンという音がして扉が開く。気を取り直したらしい巌が、みんなに声をかけた。

慌ただしい別れの挨拶が慶子と慶子の弟妹で交わされた。芳枝は何も言わなかった。ただ扉が閉じる間際、憑《つ》き物が落ちたかのような顔で、慶子に一礼した。

慶子はずっと廊下に目を落としながら、病室に戻った。

芳枝の言うことは、ある面できっと正しい。もしかしたら、利夫だって腹の底ではあそこまで思っていたかもしれない。娘たちが子どもだったころ、何か問題を起こすと、きまって慶子も怒られたのだ。おまえがちゃんと躾けないからと。
でも——慶子は由希子の笑顔を思い出す——あの子は笑っていたじゃないか。今朝も。夜更けには、手を動かしていたじゃないか。
あの子が幸せならそれで——。

見舞客が帰った後、奥村医師がやってきた。

尿道カテーテルが設置された。

処置を終えた利夫は、「俺は大丈夫だから、心配するな」と掠れ声で呟いた。

「明日も……無理して来なくてもいいからな」

「分かった。無理しないから。明日はね、午後から真理子も来るって。半休取れたって、さっきメールが来てたわ」

無理をするなと繰り返す利夫に無理などしていないと示すつもりで、慶子は午後五時少し前に病室を出た。病棟には夕食の気配が漂いだしていた。どんな食事が利夫のテーブルに運ばれるのか。おそらく食べられまい。その弱って衰えた姿を見られたくないのだろうと、慶子はあえて出たのだった。

奥村医師が廊下で待っていた。

「椎名さん、あと二週間程度だと思います」

慶子は頷いた。

20

十一月七日。

朝、霜が降りた。

栄養ドリンクだけの朝食を済ませて、慶子は家を出た。

昨日の夕方六時過ぎに、A病院から電話が来た。庄司だった。

それは、利夫が夕食のお粥《かゆ》をほぼ完食したという知らせだった。夕食後は例の絵葉書の作業も少ししていたとも教えてくれた。

「本当なんです。私頼まれて、一枚葉書を投函しましたから。それでお電話したのは、椎名さん、梅干や佃煮《つくだに》があればいいとおっしゃっているからなんです。それがあれば、これからも全部食べられそうだと」

慶子は途中でスーパーに寄り、それらを買った。

庄司の知らせ、本来喜ぶべきものなのだろう。しかし慶子の脳裏によぎったのは、雪虫を捕まえて食べたあの蜻蛉だった。

――食べないと良くならない。

娘たち、特に由希子が具合を悪くして食べたがらない時、利夫はそう言って叱責した。食べたくなくても無理をして食べなければ治らないと。

利夫は無理をして食べたのだ。たった一人の部屋でモルヒネを入れられながら、それでも治るつもりで必死にお粥を食べた。

病室には男性看護師がいた。ベッドに仰臥する利夫を見て、慶子はもう駄目だと思った。また病状が一足飛びに進んだ。利夫はもはや起き上がれないばかりか、こちらに声をかけるのもままならない。

ふらふらとした視線が慶子を一瞬捉えたが、瞼に閉ざされる。荒い呼吸音が病室に響く。

男性看護師が慶子に目配せをして廊下に出た。続いて出ると、看護師は言った。

「椎名さん、尿がほとんど出ていないんです」

慶子はそれを聞いて、娘たちに連絡をする決意を固めた。慶子の母が死ぬ間際、極端に尿が出なくなったのを思い出したのだ。

昼前に真理子が、昼過ぎに由希子も病室に来た。

そのころになると、利夫の顎が下がり、見るからに苦しげな呼吸に変わっていた。自分で腹水の溜まった腹をさすり、立てた足の膝に片方の足を乗せては組み替える。慶子は娘たちと共に腹や足をマッサージした。マッサージするために持ち上げた利夫の足は重かった。痩せたようにはまったく見えなかった。実際痩せていないのだろう。

三人で寄り添うと窮屈だった。自然に交代で一人が少し離れた場所に座った。交代の間、慶子は娘二人にマッサージされる利夫を見ていた。

慶子と交代して離れた由希子が、タブレットを構えた。打鍵音は微かで、勢いはなかった。硬い岩盤を縫い針で掘っているようだと慶子は思った。だが音が止むことはなかった。そして由希子はとても微かにだが、笑みを浮かべてキーボードを叩いていたのだった。こんな時なのにだ。前触れもなく、家族四人だという意識が、慶子の胸を満たした。この病院で初めて、家族四人が揃っている。

そのうち、由希子は不意に病室を出ていった。二十分ほどしてようやく帰ってきた由希子の手には、モスバーガーの紙袋があった。

ハイキングのように、由希子は袋の中身をオーバーテーブルの上に並べた。ハンバーガーがあった、コーラがあった、オニオンリングとポテトがあった、そしてホットドッグがあった。

「あんた、そんなのお父さん……」

食べられないでしょ、と言いかけ、慶子は続きを飲み込んだ。分かって買ってきたに決まっているからだ。

由希子は利夫を気にせず、ベッドの足元に腰掛けてホットドッグを食べ始めた。

とても大口だった。ケチャップとマスタードの匂いが立ったと思いきや、みるみるホットドッグは消えていく。逆流性食道炎も心配だ。だが由希子はとても美味しそうに食べた。少食だと思っていた娘の、知らなかった一面を見たようだった。由希子はこれほど食べ物を美味しそうに食べられる子だったのかと、しげしげと見入ってしまった。

「めっちゃ美味しいよ。お母さんと真理子も食べる?」

利夫が入院してから、食欲なんて忘れてしまっている。今も別に食べたくはない。慶子は利夫を見た。

利夫の虚ろな目が動き、視線が合う。

利夫が笑った。

慶子はハンバーガーに手を伸ばした。

「じゃ、いただくわ」

齧ると、照り焼きソースとマヨネーズが絡み合って口の中に広がる。甘く酸っぱく香ばしい。長らく感じていなかったある種の旨味《うまみ》に、自然と頬が緩んだ。

何より、懐かしかった。

四人で車に乗って、モスバーガーに行った日もあったのだ、この家族には。

最後に真理子も参入した。真理子はホットドッグを取った。

「大学生以来だよ。美味しいね」

「匂い、廊下に漏れてるかな」

「持ち込んで食べてよかったの？」

「そうは言っても、もう食べちゃってるし」

「美味しいから許してほしいね」

母娘三人で笑い合いながら、モルヒネが入っている末期がん患者の父親のベッドで、モスバーガーを食べる。個室とはいえ、異質な光景だった。異質さを認めながら、慶子は娘二人と共に、そこにあるものをすべて食べた。

苦しげな息の利夫も、ずっと笑っていた。

ファストフードの宴《うたげ》に気づいていたのかいなかったのか、いずれにせよ看護師からの注意はなかった。

夕方、日が落ちたころ、真理子は利夫の耳元に声をかけた。

「お父さん、ありがとう」

利夫の乾いた唇は言葉を返さず、苦しげに呼吸をするだけだった。

「大学生のころは反発してごめんね。お父さんの娘に生まれて幸せだったよ」

由希子はそういうことはしなかった。


夕食は運ばれてこなかった。

慶子は冷蔵庫からハーゲンダッツを取り出して、娘たちに渡した。

「デイルームで食べておいで」

娘たちは躊躇う顔になったが、慶子の意図はすぐに伝わった。二人は出ていった。

もうきっと、あまり時間はない。いよいよとなったら、鎮静するのだから。

慶子は枕元に座り、利夫の手を握ったり撫でたりした。そうして、精一杯明るく、慈しむ声で告げた。

「お父さん。私と一緒になってくれてありがとうね――」

家庭がある真理子が午後七時ごろに帰り、フクスケの世話をするために由希子が九時を回って病室を後にした。二人とも後ろ髪を引かれている様子だった。

慶子は帰らなかった。面会時間はとうに終わっており、泊まり込む旨の申請もしなかったが、看護師たちは目を瞑《つむ》ってくれた。

あと半刻《はんとき》で日付が変わるという頃合いに、利夫の容態は急変し、そのまま逝った。

余命一年と言われたインフォームドコンセントから、三十六日しか経っていなかった。

窓の外は、初雪が降っていた。

＊

A病院では、死亡確認は主治医でないとできない決まりらしかった。呼吸も鼓動も止まった利夫は、モルヒネを入れるシリンジポンプ等、体につけられた器具はすべてそのまま、奥村医師の到着を待った。奥村医師はとっくに帰宅してしまっていた。

午前一時を回って、奥村医師が現れて死亡を確認した。

命日は一日ずれて十一月八日になった。

看護師たちがエンゼルケアを行っている間、慶子と娘二人はデイルームで待機した。夜のデイルームは蛍光灯が煌々と灯され、窓の外にちらつく雪は星のようで、まるで小さな宇宙船の中にいるようだった。

死亡診断書を受け取る際、奥村医師から少し説明があった。

「初め余命一年と申し上げましたのは、椎名さんは入院時の全身状態がとても良く見えたんですよね。顔色も良かったですし。だから、病気の進行は個人差があるとはいえ、こんなに早く亡くなられるとは」

おそらく休んでいたところを叩き起こされただろう奥村医師の次の言葉は、意外なほどに快活だった。

「僕もびっくりしました」

本当に分かっていなかった、だから鎮痛も後手後手で、夫は無駄に苦しんだ——しかし、それを聞いて、慶子はつい笑ってしまったのだった。

利夫はユーモアセンスのない男だった。そのくせ、いつも下手なおどけを口にしていた。笑えない冗談を言い、くだらないことでびっくりさせようとしていた。誰も乗らなかったけれど。

そういう、一番愛《いとお》しい利夫を思い出したからだ。

21

シルバーのセダンが薄く雪が積もった道をやってきて、家の前で停車した。

福田の車だ。

十二月、夕方にはまだ少し早い時刻だった。

「ご無沙汰しております」

スーツ姿でマスクをつけた福田は、玄関で深々と頭を下げた。慶子はスリッパを出し、和室へ通す。

福田は線香を上げに来てくれたのだ。

先月、利夫の七回忌を済ませた。

身内だけで済ませた葬式の後、親類縁者以外に利夫の死を知らせてすぐ、福田は線香を上げに来てくれた。そしてその後も、一周忌、三回忌と節目ごとに線香を上げ、手を合わせに足を運んでくれる。

利夫の同僚、友人の中で、ここまでしてくれるのは、福田だけだった。

その福田の上にも、六年の歳月が降り積もった。初めて会った時はまだそれなりだった頭髪は、すっかり寂しくなり、背中は丸く、背は少し縮んだ。

福田のほうも、慶子の老いぼれた箇所をたくさん数え上げられることだろう。

慶子がアルバムから見繕った笑顔の利夫の遺影が、和室の仏壇の中央に置かれている。福田は静かにそれに手を合わせた。

細く立ち上る線香の煙を後に、リビングに移る。慶子は普段は口にしない緑茶を、福田のために淹れようと湯を沸かした。

福田は三回忌の時と同じようにリビングで利夫の思い出話を少ししてくれた。

「奥さんは囲碁を打たないんでしたよね」

慶子は福田の前に緑茶を置く。

「ええ。さっぱり。興味も持たなかったです」

「うちのもなんですよ。打ってみれば面白いんですけれどね」

利夫の生前、慶子は福祉センターでの話を、あまり聞こうとしなかった。利夫も慶子が囲碁に興味がないことを分かっていて、話そうとしなかった。

福田が語る福祉センターでの利夫は、慶子の中の利夫よりもいくぶん人格者のようだった。福田は利夫がどんなふうに自分を負かしたかを、自分が勝者のように誇らしげに語った。

「下の娘の子どもが、高校生と中学生なんですが、最近囲碁をやっているみたいです」

「へえ、大したもんです」

「今はゲームで覚えられるでしょう？　上の孫の高校には囲碁部もあるらしくて。こんなことなら、主人の部屋にあった碁盤と碁石、処分するんじゃなかった」

「蛤《はまぐり》碁石だったと聞いて、仰天しましたよ」

会話が途切れた。福田は「そういえば」とリビングの時計を見上げた。

「テレビ、ご覧になるんじゃないんですか。そろそろお暇します」

「いえ、いいんです。見ないんです。いつまで経っても慣れなくて」

「そうですか？　ゆきさん、立派に話してますよ。分かりやすいし、偉そうでもない」

利夫が死んだ翌年、由希子は一冊本を出した。

『色の無い海の獣』

不思議な小説だった。理解できなかった。やはり、面白いとは思わなかった。

だがそれで、由希子は小説の仕事と共に、コメンテーターとしての仕事も受けるようになった。

月に一度、夕方の地元ローカル局のワイドショーにも出ている。今日は出演日だった。

由希子のような人も世間には多くいることを、慶子は知った。

「活動家のようなことはしないと言っているんです、あの子。きちんと声を上げて、世間に理解を求める活動を積極的にしてほしいという向きもあるようなんですが、自分は頭が悪いし、何かを変えたいわけじゃないからと」

ただ、珍獣はこの世にいるのだと認識されればいい——そういう意識なのだという。

「寂しいんじゃないかって、それでも思ってしまいますけれど」

「やはり今もお一人で？」

「ええ。中央区のマンションにいます。マンションって楽なんですってね。雪かきをしなくていいから。話を聞いていたら、そういうところは羨ましくて」

慶子はリビングの窓から庭のイチイを見つめた。

施された冬囲いは、きっちりと美しい。

「今年もゆきさんが来てやってらしたんですか？」

「ええ。雪かきに来てくれるんですよ。去年ＪＲが止まった時も、地下鉄駅から歩いて来てくれて、雪を全部はねてくれました」

歩いている間、二次創作の妄想をしていたから楽しかったと言っていたが。

だが、そろそろ潮時だろう。由希子も何度か腰を痛めた。乳がんの治療もしている。

「お引越し、されるんですか」

リビングは少しずつ片付けている。福田はその気配に気づいたのだ。

「ええ。今年、犬も死にましたし、私も一人で一軒家はもう無理ですから」

慶子は家を売って、サービス付き高齢者向け住宅に入る手続きを進めている。真理子は同居について声をかけてくれたが、断った。

自分で決めたことだ。子どもには頼らない。子どもは、家での暮らしが手に余るようになった親のためにいるのではない。そうなった時は、自分で暮らしを変えるのだ。社会福祉はそのためにある。

子どもに自立しろと口を酸っぱくして言った以上、親も自立しなければならない。これは慶子の矜持《きょうじ》だった。

「七回忌まで、本当にありがとうございました」

慶子が頭を下げると、福田も鏡のように深々と礼をし、それからセカンドバッグを開けて一枚の葉書を取り出した。

「これは……」

「ええ、連絡をいただいて、初めてお邪魔した時にお持ちしたものです」

亡くなる前日、庄司が言いつかって投函した葉書は、福田に宛てたものだった。

「よかったら、奥さんがお持ちください」

「でも、福田さんのものでは」

「椎名さんが最後に書いたものです。奥さんがお持ちになるのが、ふさわしいと思うんです。今度、ゆきさんにも見せてあげてください」

由希子にも、という言葉に、慶子は甘えることにした。

「ありがとうございます。心から感謝します」

慶子は受け取ったそれを見つめる。

絵葉書には最初囲碁のことが書かれていた。だが、そことは違うインクで――おそらくは擦れば消えてしまう類のペンだ――追加で書かれた部分もあった。

力なく、のたくったような文字。

『娘の本が出たら　どうか読んでやってください』

利夫は気づいていたのだ。熱と痛みで苦しかっただろうに、由希子が再び書き出していたことに。

「夫が死んだ時、私の友人知人に、ずいぶん言われたんです。『良かったじゃない』って」

「それは、どういうことです？」

「長患いされなくて良かったじゃない、介護地獄にならなくて良かったじゃない、ということです。友人たちの中には、親や夫の看病や介護で大変な苦労をした人が何人もいますから。介護になったら大変だったわよ、だから奥さん孝行の死に方よ。良かったじゃない、と」

福田は得心した顔で頷く。

「それはそうですね。私の親も、私や妻を煩わせずに逝った時、正直そういうことがなくて良かったとホッとしたものです。できれば私も、妻を苦労させたくはない」

「ええ。でも、こんなことを言うと怒られるんでしょうけれど、私、介護しても良かったんですよ。苦労したとしても、もう少し長く生きてほしかった。だって、夫本人が生きるつもりでいたので」

死の前日、利夫は粥を完食したのだ。

治りたかった、生きたかった利夫の気持ちが、あれでよく分かった。

「友人たちは、私を慰めるつもりで言ってくれた。それはよく分かるんです。彼女たちの気持ちは嬉しい。でも、やっぱり夫を亡くして、私は悲しかった。良かったと言われると、悲しんではいけないと言われているようで、逆に辛かった瞬間もあるんです」

福田が困ったように俯いた。それもそうだろう、これは慶子のしがない愚痴でしかない。慶子は詫びた。

「ごめんなさいね。もう六年も前のことなのに。人ってわがままですね。この歳になっても結局、自分の聞きたい言葉しか耳に入れたくないんだわ。大丈夫です、友人たちとは、今も仲良くしています」

「でしたら、良かった。でも、お察ししますよ。利夫さんは、急だったから」

「私もどうしてこんなに病状が速く進むのか、意味が分かりませんでした。先生もびっくりしていたほどだったんです。あれよあれよと進行していって、まるで崖に向かって進んでいく壊れたトロッコのようで、何か夫のためにしようとしても、翌日にはもうそれをする段ではなくなっている」

「最初は、あと一年と言われたんですよね。そういうこともあるんですね」

「ただ、ああも速く進んだからこそ、得られた何かがあったのかもしれません」

例えば、由希子のこともそうだ。

利夫の時間が、医師の見立てのとおりゆっくりと減っていったのなら、由希子の〝今〟も違っていたと慶子は思うのだ。性急に答えを求められ、追い詰められたからこそ、由希子も身を切りながら答えを示した。何よりあの、不思議な小説を書き上げることができた。

もしも当たり前に、ゆっくりと進んでいったなら、お互いに疑いや不満には目を瞑ったまま、まやかしの現状維持を続けた気がする。

「だから、今はあれで良かったのだと思うんです。夫がああも早く逝ったのには、きっと意味はあったんでしょう」

顔中に皺を寄せて福田が笑った。

「ええ、そうですとも」

「私は……夫が告知されてから、どう送ろうか、夫の最期を幸せなものにしなくてはと、躍起になりましたが、あまり上手くはいきませんでした」

「そうですか」

「でも、それも考えてみたら夫に失礼だったかもしれません。まるで普段どおりのままだったら不幸だ、特別なことをしなければ幸せになれないと決めつけていたみたいで」

福田は共感を示すように頷いてくれた。

「利夫さんは、とても良い方でしたよ。堅実で、正しい。奥さんは先ほど、早く逝ったのには意味があったとおっしゃった。利夫さんは意味のない手は打たない人でした。何十局、何百局と打ちましたが、あの人が盤面に置く石には、全部意味がありましたよ。ここを守ってくれ、ここの一帯を攻めてくれ、こちらの石と繋がってくれ、勝つためにここで死んでくれ……。私は今でもね、あの人の打ち筋が一番好きです」

一番——。

慶子は俯き、指先で目元を拭った。あの時の言葉が蘇ると、どうしても滲み出てきてしまうものはある。

福田が気遣ってくれた。

「大丈夫ですか?」

「ええ。夫が最後に言ったことが思い出されて」

この家を出ても、どこへ行っても、この先、どのくらいあるか分からない時間を、自分はあの利夫の言葉と共に生きていく。

冬囲いをしたイチイが、こんもりと雪を被りながらずっと先の春を待っている。

＊

「お父さん。私と一緒になってくれてありがとうね」

最後の日、由希子と真理子を払った慶子は、利夫の枕辺で話しかけた。

「覚えてる？　車で道東に行ったわね。摩周湖を見たわね。晴れてた。綺麗だった」

握った手に力を込めると、利夫が目を開けた。

「私のご飯が美味しいって言ってくれたわね。昔、お家にクーラーがまだついていない時、夏は家族でドライブに行ったわね。車はクーラーがあるものね。あなたドライブが好きだった。私もあなたとドライブするのが好きだったわよ。こないだフクスケを散歩させたらね、あなたくらいの年恰好の男の人を見たら、ついていこうとするのよ」

血管が浮き出た枯れた手を、慶子は心を込めて撫でた。

「モスバーガーの日もね、よく思い出すのよ。いろいろあったけれど、今思えば全部楽しかった」

利夫が身につけていた入院着の腹部は、毛羽立っていた。それだけそこを自分で撫でていたのだった。苦痛を宥めるために。

「お父さん、いつも私たちのことを心配してくれてありがとうね」

旅立ちを前にした利夫の憂いを、少しでもなくしたいと思った。利夫と自分は親だ。親は子を一番に考え心配する。利夫は心配性だった。

「真理子は立派になったわよね。ちゃんと働いて子ども二人育てて。真面目で明るくて、いい家庭を築いた。あの子はもう大丈夫。安心ね」

外はもう夜だった。ベッドライトの小暗《おぐら》い光と、それに照らされた老夫婦がガラスに映っていた。

「由希子も……大丈夫よ。見たでしょう？　あの子も笑ってた。あの子、あれでいいんだって。幸せなんだって。だから、私たちがいくら長生きしようと、花嫁姿は見れないの。そういう子だったみたい。あの子の言い分は分からないけれど、幸せだって言うならそれを信じてもいいわよね」

慶子は利夫の手の感触を、余すところなく記憶に刻んだ。皺、染み、静脈。こんなに老いるまで、一緒にいられた。

「由希子のこと、許してやってね。あの子は私たちにできないことができる子よ。それでも我慢ならないなら、私の育て方が悪かったことでいいから。ごめんなさいね、ダメな奥さんと母親で。叱っていいわよ、気の済むまで」

「……なんでだ？」

利夫が慶子の手を一度振りほどいた。取り残された老女の手が、今度は包まれる側になった。

「なんで、しかる」

苦しげに喘ぐ利夫の手は、あたたかだった。

「……ありがとうな」

慶子はその言葉を確かに聞いた。

「おまえが、一番だ」

本作品は書下ろしです。

※この作品はフィクションであり、実在する人物・団体などには一切関係がありません。

乾 ルカ（いぬい・るか）

1970年北海道札幌市生まれ。2006年に短編「夏光」で第86回オール讀物新人賞を受賞してデビュー。2010年『あの日に帰りたい』で第143回直木賞候補、『メグル』で第13回大藪春彦賞候補となる。著書に『奇縁七景』『心音』『コイコワレ』『花が咲くとき』『明日の僕に風が吹く』『わたしの忘れ物』『おまえなんかに会いたくない』『水底のスピカ』などがある。

花《はな》ざかりを待《ま》たず

2023年4月30日　初版1刷発行

著　者　乾《いぬい》 ルカ
発行者　三宅貴久
発行所　株式会社 光文社
〒112-8011　東京都文京区音羽1-16-6
電話　編　集　部　03-5395-8254
書籍販売部　03-5395-8116
業　務　部　03-5395-8125
URL　光　文　社　https://www.kobunsha.com/

組　版　萩原印刷
印刷所　新藤慶昌堂
製本所　ナショナル製本

落丁・乱丁本は業務部へご連絡くだされば、お取り替えいたします。

ISBN978-4-334-91521-6